Message From Yusei Matsui-Teacher
松井優征せんせーメッセージ

このたびは、暗殺教室単語帳
「殺たん　基礎単語でわかる！　熟語の時間」を
お買い上げいただきありがとうございます！
二作目が出せたのも、
前巻で沢山のご好評をいただいたおかげです。

今回は、前巻「殺たん」の応用編が中心になっています。

◎基礎的な単語の理解をさらに深める事
◎単語と単語の繋げ方を知ることで、熟語の理解を深める事
◎熟語を覚えやすいページ構成になっている事
◎前巻と同じく、楽しみながら英語を学べる事

が、基本的なコンセプトです。

もちろん今巻だけでも立派に役立ちますし、
前巻と合わせて読破したなら、
英語力がものすごく身につく事うけあいです!

間に挟んだ企画ページでは、普段の授業では
まず知る事のない、だけど知っておくと自慢できる
英語の熟語や知識、ことわざが満載です。

さらに今回は何やら、新たな殺し屋が
襲ってくる気配が・・・

そんなわけで、今回もまた盛り沢山な内容です。

キャラクター本だと侮るなかれ!
学習本だと退屈がるなかれ!
暗殺教室の世界を余すところなく楽しんで頂きつつ、
学業に必要な英語力を着実に上げる「殺たん」。

殺せんせーたちの渾身の英語授業を、
さあ、殺る気全開で楽しんで受けて下さい!!

月　日　日直　松井優征

殺たん 基礎単語でわかる！熟語の時間

Index **目次**

松井優征せんせーメッセージ　　　002

『殺たん 基礎単語でわかる！熟語の時間』使い方　006

第1章 011

〈小説〉捕獲の時間　　　012

〈基礎単語〉
- 01 on　　　020
- 02 make　　　026
- 03 off　　　030
- 04-05 along/through　　　034
- 06 against　　　036

〈3-Eレポート〉
- 殺せんせーの弱点、英語　　　037
- 英語のcliché〜動物編〜　　　039

第2章 041

〈小説〉間違いの時間　　　042

〈基礎単語〉
- 07 with　　　052
- 08-09 without/within　　　058
- 10 at　　　060
- 11 up　　　064
- 12 down　　　066
- 13-14 over/under　　　068

〈3-Eレポート〉
- 基本的な熟語①　　　070
- 3-Eのコードネーム英語　　　072

第3章 075

〈小説〉プイの時間　　　076

〈基礎単語〉
- 15 in　　　090
- 16 into　　　096
- 17 out　　　098
- 18 away　　　102

〈3-Eレポート〉
- 基本的な熟語②　　　104
- 続メイド喫茶で英会話　　　106

第4章 109	〈小説〉	誇れる暗殺の時間	110
	〈基礎単語〉	19 as 132 20 take 136	
		21 get 139 22-23 before/after 142	
		24 around 144	
	〈3-Eレポート〉	基本的な熟語③	146
		完全防御形態で学ぶ前置詞	148
		漫画の描き文字を英語で表現!	150

前巻とセットで効果倍増だよ!!

第5章 153	〈小説〉	クロスワードパズルの時間	154
	〈基礎単語〉	25 for 168 26 come 174	
		27 go 177 28 back 180	
	〈3-Eレポート〉	基本的な熟語④	182
		選挙ポスタースローガン	184
		英語のcliché～乗り物編～	187
		英語のcliché～工芸編～	188

第6章 189	〈小説〉	ギャンブルの時間	190
	〈基礎単語〉	29 of 212 30 by 218	
		31-32 between/among 222 33 about 224	
	〈3-Eレポート〉	英口単語 地球紀行	226
		挑発英語Returns	228

第7章 231	〈基礎単語〉	34 to 232 35-36 put/set 238	
		37 from 242 38-39 above/below 244	
		40-41 across/aside 246 42-43 behind/beyond 247	
	〈3-E特別授業〉	殺せんせー(?)名言集	248
	〈小説〉	手入れの時間	250

修了試験 257	問題&設問 258 解答 260
	松井優征先生特別描き下ろし漫画 262

『殺たん 基礎単語でわかる！熟語の時間』使い方

ヌルフフフフ
英語の勉強は進んでいますか？
ところで、みなさんの英語の勉強は、ただ"単語を覚える"だけになっていませんか？ もちろん単語の暗記は必要ですが、一方で誰もが知っている基礎的な単語を"より深く理解する"勉強も大事なんですねぇ。
そうすることで、応用力を養いながら単語と熟語を身につけることができるんですねぇ。
では早速、みなさんに熟語の勉強法を伝授しましょう。
まずは、使い方からですよ。

●収録内容

●小説
松井優征先生監修の書き下ろし小説です。勉強の合間の息抜きに読み倒してみましょう。

●英熟語
覚えるべき熟語をただ羅列するだけでなく、イメージしやすいように解説・紹介しています。先生やE組のみなさんで楽しい例文を作っていますねぇ。

●特典と袋とじ
本作は、先生の表情を描いた特製赤ころシートを特典に、みなさんの実力を試す試験と描き下ろしマンガを袋とじに収録しています。

特製赤ころシートを使って勉強しましょう

こちらも絶賛発売中!!
『殺たん』
2014の8月に刊行した単語帳です。中学生、高校生が覚えるべき英単語を紹介・解説しています。書き下ろし小説も収録していますよ。

基礎単語ページの見方

ヌルフフフフ
それでは、具体的なページの見方です。
 前置詞・副詞 と 動詞 の2つのバージョンがあります。勉強する前に、しっかり把握しておきましょう。

● 前置詞・副詞

❶ このページで解説する前置詞・副詞

❷ 前置詞・副詞を紹介・発表するキャラ
本作では、各前置詞ごとに紹介者が異なります。E組のみなさんや浅野君が発表してくれますよ。
ヌルフフフ、最初は「ON」で先生からですねぇ。

❸ 意味の分類

❹ 熟語を使った用例・例文

We **depend** [**rely**] **on** Kunu-don. 我々はくぬどんに依存している

We **look up to** Kunu-don. 我々はくぬどんを尊敬している (⇔ look down on)

We can **live** (**on**) **thanks to** / **regardless of** Kunu-don. 我々はくぬどんのお陰で／がいるにもかかわらず生きていける

( )：あってもなくても良いもの (live ≒ live on)
[ ]：直前の語と入れ換え可能なもの (depend on ≒ rely on)
⇔：対義語 (look down on: 軽蔑する)
／：違う意味だが一緒に覚えてほしいもの
●：初級レベル
まずはこれから覚えましょう。用例・例文もシンプルです。
無印：中級レベル
初級を修めたら進んで下さい。中級の熟語は数が多いですよ。
✏：上級レベル
にゅやッ！ ここまで覚えれば熟語は完璧です！

❺ 熟語が使われたセリフと英訳

前置詞・副詞 のページと 動詞 のページでは つくりが違うので注意してくださいね。
ヌルフフフフ

① このページで解説する動詞

② 動詞を紹介・発表するキャラ

③ 句動詞
句動詞は、簡単に言うと"「動詞」+「前置詞・副詞」の熟語"のことですね。元々の動詞からは予想がつきにくい意味になったりするので、注意が必要です。

④ 句動詞を使った例文
「前置詞・副詞」のページのように表記の仕方は基本変わりありません。せんせーマークにナイフマークもつけてありますから、せんせーマークの熟語から覚えていきましょう。

⑤ 熟語が使われたセリフと英文

⑥ 殺ケーション（コロケーション）
殺ケーション①は、意味が予想しにくい"暗記もの"の熟語。対して殺ケーション②は、意味が予想しやすい熟語。この2つに分けて紹介していきますよ。詳しくは26ページでも解説しているので、確認しましょう。

『殺たん 基礎単語でわかる！熟語の時間』の難易度

本書では覚えていってほしい順番を提示しています。まず殺ってほしい熟語はせんせーマークの熟語、次いで、印のないもの、そして最後がナイフマークの熟語です。ナイフマークまでマスターできれば完璧ですねぇ。

●熟語力と殺せんせーの分身

> 熟語の順番は優先度順になっていますよ

⊕←● せんせーマーク制覇

> せんせーマークを制覇ですか
> まだまだみなさんの熟語力は
> 3人の分身で避けられる程度です

⊕← 無印制覇

> 無印の熟語も制覇ですか？
> ヌルフフフ やりますねぇ
> 6人に分身して対応しなければ
> ならない熟語力です

⊕←✗ ナイフマーク制覇

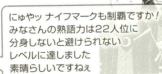

> にゅやッ ナイフマークも制覇ですか！
> みなさんの熟語力は22人位に
> 分身しないと避けられない
> レベルに達しました
> 素晴らしいですねぇ

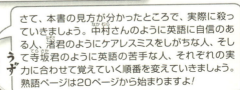

> さて、本書の見方が分かったところで、実際に殺っていきましょう。中村さんのように英語に自信のある人、渚君のようにケアレスミスをしがちな人、そして寺坂君のように英語の苦手な人、それぞれの実力に合わせて覚えていく順番を変えていきましょう。熟語ページは20ページから始まりますよ！

第1章
捕獲の時間

殺る気の出る格言

Opportunity is missed by most people because it is dressed in overalls and looks like work.

―― 多くの人が
　　チャンスを見逃してしまうのは、
　　それが作業着をまとった
　　「仕事」に見えるからである。

Thomas Alva Edison
トマス・アルヴァ・エジソン

このあたりは勉強も暗殺も同様！
皆さんの前にもチャンスはあるんです

それをチャンスと捉えるか苦しいことと捉えるかエジソンさんの柔軟な発想を見習いましょう

1. 捕獲の時間

　椚ヶ丘(くぬぎがおか)の山に秋が訪れ、実りの季節がやってきた。野生のぶどうが酸っぱい実をたくさんつけている。周囲の木にからんでいるそのつるを竹のナイフで切り取り、縦に裂いていくとしなやかな繊維になる。その繊維をより合わせて地道に縄を作り続けている者がいる。その者の横を、青い小鳥が過ぎ去る。

　コスモスが咲き乱れる野原をひとり横切るのは、倉橋(くらはし)だ。昼休みに裏山に行って生き物の観察、というより生き物を愛でるのが倉橋の日課だ。
「あ〜、オオカマキリ!　カマを掃除してる〜」
　草むらにまぎれていたオオカマキリが口で鎌を丁寧にしゃぶっている。倉橋はしゃがんでまじまじとカマキリを眺める。そのすぐそばには麩菓子(ふがし)を思わせるようなオオカマキリの卵が産みつけられている。

「もうそんな季節か〜。9月だもんね」

　季節の移ろいを感じていた倉橋の目の前を、青い小鳥が一羽横切った。

「待って〜」

　鳥の影を追って小川へ駆けていく。倉橋のソックスにオナモミの実がたくさんくっついた。青い鳥はほとりに彼岸花の咲き乱れる小川の木にとまり、じっと何かを待っている。倉橋はまるで狩人のようにそっと忍び寄って鳥の様子を見守った。すると、木彫りの置き物のように動かなかった鳥が突然小川へ飛びこんだ。倉橋がはっと息を飲んだ時にはもう元の枝に戻り、口ばしで捕らえた小さな魚を飲みこもうとしていた。

「カワセミだ！　かわいい〜」

　むっくりとしたカワセミの姿に倉橋が見とれている時、奥の森でさっきの者が罠を仕こんでいた。編んだ網を地面に埋めると、その両端を弾力のあるつるに引っ掛けた。つるの弾力で上に引っ張られる網を木の枝で作ったフックで押さえる。罠を仕掛けた木にエサを用意すると、離れたところに身を隠してじっと潜んだ。

　カワセミの食事風景を観察した倉橋は、森の奥へ進ん

でいった。夏にクワガタやカブトムシ、スズメバチらが寄ってきた、樹液が出るクヌギの木をチェックするためだ。
「今日は誰が食事に来てるかな?」

　クヌギの木に近づいた倉橋は、びっくりして足を止めた。樹液が流れているあたりに、いままで見たことのないほど大きな虫が訪れていたのだ。
「!!??」

　倉橋は自分の目を疑った。その虫は、大きく湾曲する左右一対とその真ん中を貫くもう一本の角を持つ、コーカサスオオカブトムシだったのだ。日本のカブトムシとケタ違いの体格には、まさしく王者の風格がある。
「こんなところにコーカサスオオカブトがいる!?　東南アジアにしか棲息してないのに、この子がどうしてこんなところにいるの?」

　思わぬ大発見にうっすら手に汗をかいた倉橋は、慎重にクヌギの木に近づいた。ゆっくりゆっくり動いてオオカブトを驚かせないように注意しながら木に登る。
「あとちょっと!」

　もう一歩でオオカブトに手が届くところで一息ついてから、倉橋は右足を木のこぶにしっかりかけて、体を持ち上

げる。樹液に口を浸して食事を続けているコーカサスオオカブトに手を伸ばし、ついにオオカブトの固い体をその手につかんだ。
「やった*!!!!*」
　ひゅん、と植物のつるが飛んできて、倉橋を大きな網の中に捕らえる。
「きゃっっ!?」
　気づくと、倉橋は網に捕らえられてクヌギの木にからめとられていた。何が起こったのかまったく理解できなかった。
「どうしたんだろ、なにこれ？」
　目の前に浅黒い肌の少年が立った。少年の粗末な服には草や枝が差してあった。少年は倉橋の前で誇らしげに拳をあげ、興奮気味に何かをしゃべっている。が、まったく聞いたことのない言葉で、倉橋にはさっぱりわからなかった。
「どうしたの？　落ち着いてしゃべってよ〜」
　倉橋の願いはむなしく、少年はいっそう早口にまくし立てるだけだった。困った倉橋は、英語なら通じるかもしれないと思いついて、話しかけてみた。

"Hey you, what's up? Do you want this beetle?"
(ねぇ君、どうしたの？ このカブトムシがほしいのかな？)

　すると、少年も英語で返答した。

"人質を暗殺に返しておとなしく死ぬ"(I return the hostages to assassination, they will be killed calmly.)

　少年の答えに、倉橋は目を丸くした。英語も変だし、意味もよくわからなかった。

"I return the hostages to assassination, they will be killed calmly."(人質を暗殺に返しておとなしく死ぬ)

　もう一度英語で尋ねたが、やはり少年からは同じ答えが返ってきた。

"人質を暗殺に返しておとなしく死ぬ"

「どうしよう……困ったな～」

　倉橋がどうしたらいいのかわからなくて考えあぐねていると、少年が突然雄叫びを上げた。まるで狼の遠吠えのようなその声は辺り一帯に響きわたり、離れたE組校舎にも届いた。

昼休みの終わりを告げる鐘が鳴った。
「あれ、狼?」
　教室の窓際に座っている不破が、遠くからの音に気づいた。杉野がすぐにそれを否定しにかかる。
「日本に狼なんていないだろ。野犬じゃね?　っていうか、この辺、野犬だって見たことないし。聞き間違いなんじゃない?」
「ううん、たしかに聞こえたよ。こうした日常のちょっとした異常から始まるのが面白い物語の王道……」
　不破がしゃべっている途中に、遠吠えのようなものが再び聞こえた。
「ほら!　聞こえたよね?」
「ほんとだ……」
　窓際での話題が教室全体に伝わった。茅野がその遠吠えを耳にして表情を曇らせる。
「野犬なんてこわいね、茅野」
　渚が話しかけると、茅野は教室を見回した。
「あれ、倉橋ちゃんがまだ戻ってきてない」
「え?」
　たしかに倉橋の席が空いている。前原と磯貝が顔を見

合わせた。

「また裏山行って生き物見てるんじゃないかな。こないだなんて、道端にしゃがんでじっとしてるから気分悪いのかなと思ったんだけど、ナメクジをずーっと眺めてたんだよね。倉橋さんの生き物好き、ハンパじゃないもんね」

「心配だな、探しにいくか」

　前原と磯貝も立ち上がって、窓から飛び出すと山へ向かった。渚と茅野、クラスの面々も後を追う。

　ガラガラと教室の扉が開いて、殺(ころ)せんせーが入ってきた。

「おや？　ずいぶん少ないですねぇ」

　殺せんせーは教室を見回した。

基礎単語 01

さて、最初の単語はonです。みなさん知っている単語だと思いますが、しかし奥は深いですから油断してはいけませんよ。ヌルフフフ……。

では基本となるイメージをまずは覚えましょう。「接触」です。何かに「乗っている」とか、「くっついている」という意味ですねえ。

さて、A is on B と言ったとき、「AはBの上に乗っている」ということは、つまり「AはBがなくなると落ちる」ということです。そこから、「基礎・基盤」や「依存」の意味も出てきますよ。

では、順番に殺っていきましょう。

担当:殺せんせー

接触

「上」でもいいのですが、壁や天井でも on を使えますから、「接触」のほうが応用が利くんです。せんせーマークから覚えましょう。

I am the strongest creature **on the earth**.	私は地球上で最強の生物です
Our school **stands on** the hill.	僕らの学校は山の上に建っている
The facility seemed to be **on the edge [verge] of** bankrupt.	その施設は破産寸前であるように思えた
The answer was **on the tip of my tongue**, but I could not answer.	正解は喉まで出かかっていたのに、答えられなかった
What is the next thing **on** the program?	プログラムには次は何だって書いてある?
Can you remember any mailbox **on the route [way] to** your school?	学校へ行く途中にある郵便ポストって思い出せますか?
slap the students **on the cheek**	生徒の頬を殴る（身体の部位には the がつきますよ）
get on the train	電車に乗る
We shall **put on** a play <u>for</u> her to overcome her fear of water.	彼女に水恐怖症を克服させるために一芝居打とう

to 不定詞の意味上の主語はこのように for で表します

Hamlet **is on** at the Globe Theater.	グローブ座で『ハムレット』がかかっている

身につける
衣類などは身体に「接触」していますから、on を使うんですねぇ。
ナイフのマークは難問の印ですよ。

put on a uniform	制服を着る
I **tried on** the new fake nose.	新しいつけ鼻を試着した
This dagger was found **on his person**.	この短刀を彼は懐に忍ばせていた

基礎・基盤
左でも説明した、A on B で「BがAを支える」が基本ですよ。すこし応用的なものもありますがねぇ。

turn on one's heels	回れ右（かかとを軸にして振り向く）
I begged **on my knees** to the old man.	私は跪いてその老人に許しを請うた
After graduation you all must **stand on your own legs**.	卒業後は皆さん自分の足で立た（自立し）なくてはなりません
The fate of the whole world **lies on** your shoulders.	世界中の運命が君の肩にかかっている
The students **insisted on** knowing the secret of my past.	生徒たちは私の過去を知りたいと主張した
They are **on good terms** with each other.	彼らは互いに仲が良い

term は多義語です！ 辞書を引いてみましょう

I **live [feed] on** sweets.	私はスイーツを食べて生きている
The car **runs on** electricity.	この車は電気で（を燃料にして）走る
on the whole	概して
on the [an] average	平均して

If there is anything **on your mind** that you wish to talk with me, I shall visit you anytime under the cover of night.

相談があれば闇にまぎれていつでも来ます

焦らずじっくり殺すチャンスを狙って下さい

on

理由・依存
これは先程のと似てますよ。A is on B で、支えてくれているBを足場にする、という感じですかねぇ。

You should sometimes **depend on** your teacher.	ときには教師に頼ったら良いんですよ

> depend on と似た意味の熟語は多いですよ。
> rely on / count on / fall back on などがあります

Call (up) on me anytime.	いつでも訪ねてきて下さい
You cannot **buy** anything **on credit**.	ツケでは何も買うことはできない

This horror story **is based on** fact.	この怪談は事実に基づいている
You must do your homework **on your own**. (=**by yourself**)	宿題は自分の力でやらないといけません
We both **act on** our own unique principle.	私たちはどちらも自分独自の主義に則って行動する
I **pride** myself **on** my speed.	私はスピードが自慢です
On what grounds [basis] do you object?	何を根拠に反対するんですか?
Three students are absent **on account of** illness.	3人の生徒が病気(が原因)で欠席
You are arrested **on charge of** being late for school.	遅刻した罪で逮捕する
I will **consent on** teaching class E.	E組を教えていいという条件で承諾しましょう

影響・固定
これは、A on B と言ったとき「Aは、支えてくれているBに対して力を及ぼしている」というイメージで理解しましょう。

I must **concentrate on** the problem.	この問題に集中しなければならない
Honey traps will never **work on** me.	色仕掛けなんて私には全然通用しません
I will **tell on** you to the teacher!	(お前のこと)せんせーに言ってやろ!
The event is deeply **impressed on** my mind.	その出来事は私の心に深く印象づけられている
After lunch, a drowsy feeling **creeps [comes] (up) on** me.	昼食後は眠気が襲ってくる
We should not **impose** our preferences **on** others.	自分の趣味を人に押しつけるべきではない

Do not be so **hard on** them.	そんなに彼らに厳しくしちゃいけません
Hold on to the rope.	ロープにしがみつく
Hold [Hang] on a minute.	ちょっと待ってください

Shame on me, shame on me.

はずかしい はずかしい

について すこし変わってきますが、やはり「Bに力が及んでいる」イメージが続いているんですねえ。about に似ています。

Give a lecture on English.	英語の授業をする
Do a paper on this novel until Monday.	月曜までにこの小説についてレポートを書きなさい
Please **reflect on** your failure.	自分の過ちについてよくよく考えて下さい

reflect の類義語は、brood/meditate/muse/ponder/speculate など沢山あるんだ！

dwell on a subject at some length	長々とひとつの主題にこだわる
I **hit on** a good idea to pair the two.	あの2人をくっつけるいい方法を思いつきました
I **came on** a strange shop.	見慣れない店を偶然見つけた
I **missed out on** the game.	私はその試合を見逃した

時・即時 前置詞には、「空間」と「時間」の意味があるものが多いです。on の「時間」の意味は、「〜してすぐに」ですよ。

He went into business **on leaving** school.	彼は卒業してすぐに仕事を始めた

on

It is impossible for you to kill me **on the spot**.	この場で私を殺すのは無理ですよ
He **was killed on the instant**.	彼は即死だった
Be careful not to act **on impulse**.	その場のはずみで行動しないように注意しましょう
I decided to quit it **on reflection** [**second thought**].	よくよく考えてみて、やっぱりやめることにした
print on demand	オンデマンド（注文があり次第）印刷
I bought foie gras **on the occasion** of trip to France.	フランスに行った機会にフォアグラを買いました
We rest from labour **on Sunday**.	日曜には仕事を休む
Trains in Japan are always **on time**.	日本の電車はいつも時間通りだ

状態
少し難しくなってきます。これは on の次に抽象的な、「状態」を示す名詞が来ることが多いんです。例文を見たほうがいいでしょう。

I'm not **on duty** today.	今日は当番ではない
I am **on my way to** Brazil.	私はブラジルに行く途中です
shoot a bird **on the wing**	飛んでいる鳥を撃つ
I bet that he did it **on purpose**.	あの人ぜったいわざとやりました
carve an obscene sculpture **on the sly**	こっそりと卑猥な彫刻をつくる
Be **on your guard** against pickpockets.	スリにご用心
The first book of this series is also **on sale**!	このシリーズの1冊目も発売中ですよ!
He ventured his whole fortune **on speculation**.	彼は投機に全財産を賭した
go on an errand	おつかいに行く
go on trips to foreign countries between classes	授業の合間に外国へ旅行する
The house is **on fire**.	この家は燃えている

継続
これと次の on は、back の対義語とも言うことができます。「どんどん前へ」という気持ちがこもった使い方ですねぇ。

You may all **keep on** firing.	発砲したままで結構です

- **Carry on** studying.
= **Carry on with** your study.　勉強を続けなさい

進展・伝達	これも「どんどん前へ進む」という、ニュアンス、もとい、ニュアンスがあります。「伝達」は4つ目がわかりやすいでしょうねぇ。

- How are you **getting on** with your mother?　お母様とはうまくいっていますか？

The progress of the class is **coming on** fine.　このクラスはいい感じに進歩している

Polyrhythm is **catching on** from around 2010.　2010年あたりからポリリズムが流行ってきている

The music scene is always **moving on**.　音楽シーンはつねに前進しているのだ

I must **hand [pass] on** my knowledge **to** the students.　私は自分の知識を生徒たちに伝えていかなくてはならない

- **Come on**！　こっち来い、しっかりしろ、頑張れ、ふざけんな

　ぜひ辞書を引くように！

I'm looking forward to seeing you **later on**.　のちほどお会いできるのを楽しみにしております

　このtoは前置詞ですよ！

オン	最後は簡単です。日本語のオン／オフのオンと一緒ですよ。さぁ、どうでしたか？　ヌルフフフ……。

- **turn on** the computer　パソコンの電源を入れる

- **switch on** the light　電気をつける

基礎単語 02

さて、このページでは **動詞** を切り口にして熟語を殺っていきますよ。前置詞・副詞のページと少し違いますので、はじめに少し説明します。熟語にも種類があるんですねぇ。

句動詞 = 動詞＋前置詞 or 副詞（例:make+up）

殺ケーション（コロケーション） = 語と語の習慣的な結びつき

コロケーションは英語でcollocationと綴ります。この本では覚えやすいように殺ケーションと表記していますよ

殺ケーション①
= 意味の予想がつきにくいもの
（例:make a face:顔を作る≠しかめつらをする）

殺ケーション②
= 意味の予想がつきやすいもの
（例:make a mistake:間違いを作る＝間違う）

例えば日本語で「食事をとる」とは言うけど「食事をもつ」とは言わないっていう習慣が「殺ケーション」なんだね

make

担当：イリーナ・イェラビッチ

makeの「**作る**」っていう意味は知ってるわね？でも英語のmakeは**日本語の「作る」よりもかなり意味が広い**わよ。たとえば何かを「**引き起こす**」とか、どこかに「**たどり着く**」という意味もあるわ。とにかくよく使われる動詞だから、**必ず辞書も引いて**しっかり殺っておきなさい。

句動詞

make + up

- The world is **made up** of men and women.
  世界は男と女からなっている (=consist)

  I shall **make up** the bed for you.
  寝床を用意して／ととのえておくわ (=prepare)

  It's not true, I just **made** it **up**.
  いまのは嘘よ。でっちあげただけ (=invent)

- I can't go yet. I'm not **made up**.
  まだ出れないわ、お化粧して／準備してないから

  We have to **make up** (for) lost time.
  無駄にした時間を埋め合わせなきゃ (=compensate)

> カッコに入った単語は、同じ意味の言い換えよ。両方覚えなきゃダメ

make + out

- I couldn't **make out** | what he said owing to the noise.
  | his face in the dark.
  彼が何を言ったか聴き取れなかった／暗くて顔がよく見えなかった

- I can never **make out** why he is so cold to me.
  アイツが私にどうしてあんなに冷たいのか理解できない (=understand)

  I have to **make out** the grades until tomorrow.
  明日までに通信簿を作ら（書か）なきゃいけない

> この make out は書類の時につかう言い方よ

Have you really **made out** the true meaning to "kill"?

「殺す」ってどういう事か本当にわかってる？

»» make

make + for
Then I **made for** the exit alone.
　そして私は独りで出口へと向かった
　　(=head for, make torward)
I think we **are made for each other**.
　私たち、お似合いだと思うの

make + over
I made a mistake so I had to **make** it **over**.
　間違ってしまったので、いちからやり直さないといけなかった
This gorgeous swimsuit shall completely **make** me **over**.
　このゴージャスな水着で大変身しちゃうわよ (=transform)

殺ケーション①

I couldn't **make myself understood** in English.	英語で自分の言うことを相手に理解してもらえなかった
Failure will **make** a man (out) **of** you.	失敗することでお前は一人前になれる
Please **make yourself at home**.	（来客に）どうぞおくつろぎ下さい
make away [off] (with A)	（A を盗んで）さっさと逃げる
make fun of a person	人を馬鹿にする
make a fool of a person	人を馬鹿にする
make a fool of oneself	ばかなことをする、しくじる
make a [one's] living	生計を立てる
make one's way	前へ進む、出世する
make sure	確かめる、必ず～するようにする
make good	成功する、（約束など）果たす
make it	成功する、間に合う

make it は文脈に応じて色々と意味が変わるわ。一度は辞書を引いておきなさい！

make sense	意味をなす、道理にかなう
make sense of A	Aを理解する
make believe (that/to do)	(that以下であるという／doする)ふりをする
make (both) **ends meet**	生活の収支を合わせる、分相応に暮らす
make do with A	A（代用品）で間に合わせる（＝dispense with）
make do without A	Aなしで済ませる
make use of A	Aを利用・使用する
make much of A	Aを重んじる、大事にする
make the best of A	A（不利な条件）を出来るだけ活用する、Aで何とかする
make the most of A	A（チャンスなど）を最大限に活用する

Stupid stupid stupid, I should kill myself! Why **make** a *kill*-fession instead of **a confession**!

殺ケーション②

make friends with A	Aと友達になる
make allowance(s) for A	Aを考慮にいれる
make progress	進歩する
make a difference	違いをうむ ＝重大である
make a mistake	まちがう
make an effort	努力する

基礎単語 03

off

担当：E-28
堀部糸成(ほりべ いとな)

offの説明をする。寺坂(てらさか)以外なら誰でも理解できるようにまとめてやったぞ。

offの基本イメージは「**離れる**」だ。これは**onの対義語**。put A on the tableは「Aをテーブル**の上に置く**」で、take A off the tableは「Aをテーブル**から取り上げる**」だ。

だいたいこの「離れる」からの連想で理解できる意味が多い。「**出発**」、「**乗り物から降りる**」、「**切断・除去**」とかだ。あとは**スイッチのオン／オフ**の意味だな。これも「離れる」と繋がってるぞ。

降りる、落ちる
たぶん get off を最初に習うから、これを最初にしといた。「はがれる」みたいなイメージも持っておくといい。

get off the train （⇔ **get on**）	電車から降りる
I'll **drop** you **off** at the station.	（車で送って）駅で降ろしてあげるよ
All the ginkgo nuts have **fallen off**.	銀杏はすべて落ちてしまった
Our teacher's fake nose **comes off** easily.	せんせーのつけ鼻は取れやすい
The jail guard **dozed off** although he was on his duty.	看守は当直だったにもかかわらず居眠りしてしまった

切る、打ち切る
日本語でも「切る」と「離れる」は近い感じがする。訳は、「やめる」とか、「中断する」になるぞ。

turn off the computer	パソコンの電源を落とす（切る）
Do not **put off** what you have to do.	やらねばならないことを先延ばしにするな
Today's PE was **called off** due to the heavy rain.	強雨のため今日の体育は中止になった

PE: Physical Education, これは「体育」という意味だ

break off an activity	活動を中断する

> I'll **finish** you **off**, brother.

離れる、出発する これは「場所」から離れてどこかに行くときに使う。offの次には「for 場所」で「〜へ向かって」とすることが多い。

- They **ran off**.
  彼らは<u>走り去った</u>

- Our teacher **set off** for China to have Mapo doufu.
  せんせーは麻婆豆腐を食べに<u>中国へ出発しました</u>

- Our helicopter **took off** to scout around.
  ぼくらのヘリコプターは敵を偵察するべく<u>離陸した</u>

- We have to **see** him **off** at the airport.
  空港で彼を<u>見送ら</u>ないといけない

- Keep an eye on him.
  Never **take your eye off** him.
  彼を<u>ちゃんと見ていなさい</u>
  彼から<u>目を離してはいけない</u>

- Our plan **started off** well.
  われわれの計画は良い感じで<u>始まった</u>

» off

The branch might **break off** under her weight.	彼女の重量であの枝は折れるかもしれない
KEEP OFF	「立入禁止」

休む

日本語でも「オフの日」とかいう言い方があるだろ。あれはここから来てるぞ。

"Is he **on duty** today?" "No, he is **off duty**."	「本日彼はご出勤ですか？」「いいえ、休みです」

> on と off が対義語になることは多いぞ

take a day off	一日休む
I **took off** some days to heal my wounds.	傷を癒やすために何日か休みをとった
I've been studying English **off and on** for ten years.	英語を勉強したりしなかったりを10年続けている（=**intermittently**）

除去

「除去」とかいう大げさな感じじゃなくても、「とる」とか「脱ぐ」とかいうニュアンスで大丈夫だぞ。

It's not easy to **cut off** the planted tentacles.	植えつけられた触手を切除するのは容易ではない

> "Cut off!" で「やめろ！」という意味もあるぞ

I wear a bandanna **on my head** / never take my bandanna **off my head**.	俺はいつでも頭にバンダナをつけてる／絶対に頭から取らない
We can **wash off** the tattoo with ease.	このタトゥーは簡単に洗い落とせる

> この off は away とほとんど同じだ

That octopus is afraid of getting **laid off**.	あのタコは一時解雇されることに怯えてる

完了

「打ち切る」に似てるが、「仕上げ」のニュアンスが強くなるぞ。「とどめ」とかかな。

I'll **finish you off**!	とどめをさしてやる！
My line shall **die off** unless I get married.	俺が結婚しないとうちの家系は途絶える

> die "out" と言っても同じような意味だな

I must get it **paid off**.	私は（借金を）全額払い切る必要がある

でも弱(よわ)くなった気(き)はしない

最後(さいご)は殺(ころ)すぞ …殺(ころ)せんせー

その他の表現
重要な熟語ばかりだぞ。最後だからってスルーしないでちゃんと覚えろ。

I am **better** / **worse off** without the tentacles.	触手がなくなって前より楽になった／困っている

better は well の比較級だ。"He is well off" だと、「彼は裕福だ」みたいな意味だぞ

Our bomb **went off** with a KABOOM.	ぼくらの爆弾はドカーンと爆発した
I **showed off** my strength by walking into the class through the wall.	俺は壁から教室に入って自分の力を見せつけてやった
He seems to **live off** Yōkan.	彼の主食は羊かんであるらしい
We should take him **off his guard**.	油断してるときに奴を攻撃しよう
off the wall	突飛な、常軌を逸した

こてん

基礎単語 04 - 05

along , through

担当：A-1
浅野学秀（あさのがくしゅう）

このあたりの単語を正確に理解できているか否かで最終的な結果に差が出るものだと思うね。それぞれの基本イメージは、along Aで「**Aに沿う**」、through Aで「**Aを貫通する**」だ。

これらの共通点はわかるかい？ それはonやinと違って、**必ず「運動」を伴う**ということだ。止まっている物体に関して、alongやthroughは使いにくいというわけだな。

» along

（道）に沿って
これはもう、この1文を読むだけで十分わかるだろうね。

- He's **walking along** the river.　彼は川沿いを散歩している

進展・経過
「道を進んでいく」というイメージから、こういうニュアンスが出てくるのも道理だろう。come, get, go あたりと相性がいいな。

- How is your knife skills training **coming along**?　ナイフ術の訓練の進展はどうだ？

- How are you **getting along** in class A?　A組での調子はどうだい？

- I **knew all along** that something is strange in class E.　E組は何かがおかしいということは始めからわかっていた

一緒に
これは「長いものに沿う」とは違っているが、「導く者についていく」という意味で、やはり上の意味と繋がっていることがわかる。

- Don't **tag along** me.　金魚のフンみたいについてくるな

- I can't **go along with** his principles anymore.　もう彼の主義にはついていけない

- Please **come along with** me.　僕についてきてくれ

- **Go [Run] along**!　どっかいけ！

I will **bring along** my friends from around the world.　世界中から友人たちを連れてこよう

ここで重要な法則を説明しておく。他動詞＋副詞で構成された句動詞の、目的語の位置に関する法則だ。例えば、bring it along と bring along my friends では、目的語が bring と along に挟まれているか否かという違いがある。これは「**目的語が短い時は挟む**」ことになっているんだ。もう少し正確に言えば、目的語が him や it など、**代名詞**の時は挟む。本当はもう少し複雑なんだが、君たちはとりあえずこれで十分だろう。

≫ through

貫通・通過
2番目の例文のように、時間だと「その間ずっと」という意味になる。後半は少しばかり高度だが、まぁ覚えておいて損はないだろう。

- **look through** colored glasses　色眼鏡を通して見る（偏見）
- I stayed in NY **through** the holidays.　休日はずっとニューヨークですごした
- I don't need to **speak through** an interpreter.　ぼくは通訳者を介して話す必要はない（通訳はいらない）
- I can **see through** you.　お前の考えはお見通しだ

- My father smiles **through** his anger.　私の父は怒っているときでも笑顔をみせる
- I'm **through with** my father's ways.　父のやり方とは手を切った（ついていけない）
- You're sentenced to class E **through** your bad behavior.　君は素行不良のせいでE組送りだ（＝**because of**）

完遂
「貫通」のイメージから、「ものごとをやり通す、やり切る、やり終える」という意味に発展することは理解できるだろう。

- **read through** the contracts　契約書を読み通す
- **look through** (＝**dig**) the records　レコードを漁る（よく調べる）
- Families should **talk through** when there is a problem.　問題があるとき、家族はそれについてよく話し合うべきだ
- I never make an action without **thinking** it **through**.　ぼくは考え抜いてからでないと行動に移さない

切り抜ける
完遂と似ているんだが、「困難を伴ってクリアする」という感じが強く出る言い方だ。

- They seem to have **made through** the exams.　あいつらもどうやら試験を乗り切ったようだ
- I have **been through** a lot.　ぼくは色々な経験を切り抜けてきた

基礎単語 06

against

担当：E-1
赤羽 業（あかばね カルマ）

えっ、この単語、殺るの俺なの？　なんか中二っぽくてやだなー。でもこれ、意外と手強いからね。中心になるイメージは2つで、「**壁にもたれる**」ってのと、「**反対**」とか「**敵対**」だよ。
「壁」のほうは、壁に対して体重とか**力が作用してる**っていう感じが大事なんだよね。って聞くと、「反対」の感じもなんとなくつかめるでしょ？

もたれる・敵対
「もたれる」が「ぶつかる」になったり、「反対」する相手が人じゃないと意味が広くなったりするよー。

- They launched a **campaign against smoking**.
  彼らは禁煙運動を開始した

- What's the point in saving money **against a rainy day**?
  いざというときに備えて貯金するなんて何の意味があんの？

- **lean against** the wall
  壁によりかかる

- I don't care if it's **against your rules**.
  お前のルールに反してたって、俺は気にしない

- I had no choice but to **fight against** the odd speaking man.
  変なしゃべり方のヤツと戦うしか選択肢がなかった

- There is no vaccination **against the virus**.
  このウィルスに効くワクチンはない

- The anti-teacher bullets **beat against** the blackboard.
  対先生弾が黒板にバチバチ当たった

- I **decided against** rushing for the results.
  結果を出そうと急ぐのはやめにした

- The **odds are against us**, but that's all the better.
  形勢は俺たちに不利だけど、そのほうが燃える（そのぶん良い）

- Even the white dress looked erotic **against her body**.
  白い服でも彼女が着るとエロく見えた

これはチョイ難しいけど、「背景とのコントラストで映える」みたいな時にこんな使われ方するんだよね。イメージつかめるー？

3-E レポート

渚がリサーチ！殺せんせーの判明している弱点!!

殺せんせーの弱点英語

発表者・潮田渚

これまでに分かった殺せんせーの弱点を英語にしてみたよ。試験に出るか分からないけど、もしかしたら殺せんせーの暗殺に役立つかもね。

①カッコつけるとボロが出る	makes blunders when trying to show off
②テンパるのが意外と早い	easy to panic
③器が小さい	narrow-minded
④パンチがヤワい	has a feeble punch
⑤おっぱい	boobs
⑥上司には下手に出る	conformist
⑦知恵の輪でテンパる	panics at puzzle rings
⑧乗り物で酔う	motion sickness
⑨枕が変わると眠れない	can't sleep with a different pillow
⑩世間体を気にする	worries about appearances
⑪猫舌	cat tongue
⑫しける	goes damp
⑬下世話	dirty
⑭ベタベタで泣く	sentimental
⑮噂に踊らされる	manipulated by rumors

》殺せんせーの弱点英語

⑯	脱皮直後	just after shedding
⑰	再生直後	just after regeneration
⑱	特殊な光線を浴びると硬直する	petrified at a special ray
⑲	シリアスの後 我に返ると恥ずかしい	blushes after being serious
⑳	安い絵しか描けない	has a cheap sense for drawing
㉑	夏バテ	summer fatigue
㉒	プールマナーにやたら厳しい	fussy about poolside manners
㉓	泳げない	can't swim
㉔	夢をすぐあきらめる	gives up on dreams easily
㉕	案の定オカルトに弱い	vulnerable to the occult
㉖	集まりが悪いと自分に価値が無いような気になる	feels worthless when people turn down his invitation
㉗	音痴	tone-deaf
㉘	隠れるのが下手	bad at hiding
㉙	役職で図に乗る	gets carried away with his title
㉚	心臓	heart
㉛	他人なのに親バカ	dotes on students
㉜	傷つかないよう保険をかける	makes an excuse in the case of getting hurt
㉝	「自分達のサッカー」が何なのかよく知らない	doesn't really understand what is "our own soccer"
㉞	実況下手	bad at live-reporting

3-Eレポート

直訳では意味が……!? 英語のことわざ!!
英語の cliché ～動物編～
クリシェ

発表者・倉橋陽菜乃

clichéって何?
簡単に言うとことわざのこと。例えば「猫に小判」は、実際に猫に小判を与えるわけじゃなくて、与えても意味がない、価値の分からない人に貴重なものを与えても役に立たない、って意味になるよね。クリシェは、その英語版なんだよ。

私の好きな、動物が出てくるクリシェを集めてみたよ。初めて聞いたら、普通に直訳しちゃうよね。そうならないためにもここで勉強しておこー。

---

dog eat dog

意味　　　　　　**直訳** 犬が犬を食う

「すごく競争が激しい」「ものすごく冷酷な競争・争い」「食うか食われるか」のこと

語源は、生き残る為なら、犬は仲間も食べちゃうことからなんだって。そこから、もの凄く激しい争いなどの意味で使われるんだ。残酷〜

---

mutton dressed as lamb

意味　　　　　　**直訳** 仔羊に扮した成羊

年齢よりもずっと若く装っている、若作りをする中年の女性のこと

元々は、お肉屋さんが成羊肉を仔羊肉に見せようとしたことから来た言葉なんだって。女性に軽蔑で言うことがあるんだって。ヤな感じ

》英語の Cliché 〜動物編〜

Has the cat got your tongue?

直訳 猫に舌をとられたの？

意味 「どうして黙っているの？」など、何か答えるべきなのに黙っている人に言う言葉

言葉の出ない人に言うクリシェ。子供たち相手に使うのが一般的なんだよ。でも、今では、おじいちゃんおばあちゃん世代の言葉なんだって

grin like a Cheshire cat

直訳 チェシャ猫のように笑う

意味 「わけもなくニヤニヤ笑う」「口元を広げてニヤッと笑う」こと

『アリス』に出てくるあの猫だよ。語源はもっと前にさかのぼるみたいだけど、『アリス』が刊行されてから広く使われるようになったんだって〜

● その他にも……

	直訳	正しい訳し方
a dead duck	死んだアヒル	「成功・生き残りの見こみのない」こと
a dog's life	犬の生活	「悲惨な暮らしぶり」「惨めな生活」のこと
go to the dogs	犬に堕す	「没落する」「落ちぶれる」「堕落する」こと
let the cat out of the bag	猫を袋から出す	「秘密を漏らす」「うっかり秘密を漏らしてしまう」こと
the lion's share	ライオンの分け前	「一番大きい取り分」「最大の分け前」のこと
see a man about a dog	犬のことで人に会う	「ちょっと用事が……」「トイレなどに行く」など、行き先を明かしたくないことを冗談めかして言う言葉
sick as a dog	犬のように吐き気がする	「とても気分が悪い」「強い吐き気を覚える」こと
when pigs fly	豚が飛ぶときには	「不可能である」「絶対に起こりえない」こと

第2章
間違いの時間

殺る気の出る格言

We always have time enough,
if we will but use it aright.
——時間は常に十分(じゅうぶん)にある、
うまく使いさえすれば。

Johann Wolfgang von Goethe
ヨハン・ヴォルフガング・フォン・ゲーテ

様々な分野で
その才能を発揮した
ゲーテさんのお言葉です

耳の痛い人が
いそうですねぇ

2. 間違いの時間

「なんかね〜、捕まっちゃったみたい」

倉橋(くらはし)は網の中から、自分を探しに来た生徒達に向かってのんきな調子で知らせた。渚(なぎさ)はその光景に驚いた。倉橋がクヌギの木から吊るされたぼそぼそした網の中に捕まっていたのだ。その手にはコーカサスオオカブトムシが握られている。倉橋の捕らえられている網のそばには、見慣れない少年がクヌギの木の枝に座り、竹製のナイフを手に何か怒鳴っている。遅れてやって来た生徒達もその様子に目を奪われた。

「何者だこのガキ？」

「外国人だよな」

「何語？」

「これってピンチだよね？」

口々に思ったことを言い合っていると、倉橋が少年のことを紹介する。

「えーとね、この子、"人質を暗殺に返しておとなしく死ぬ"んだって〜」

　E組生徒たちはよけいに混乱した。

「意味わかんねーぞ、倉橋！」

「だってそう言ってるんだもーん」

　生徒を追ってこの場に現れた殺（ころ）せんせーは、寺坂（てらさか）と倉橋のやりとりを聞くと、触手を組んでうなずいた。

「なるほど、そういうことですか。倉橋さん、ケガはないですか？」

「はあい」

「では、すぐに助けますから安心してください」

　殺せんせーと倉橋ののんきなやりとりを見て、少年が歯を剥き出しにして怒った。倉橋の喉元に竹製のナイフを突きつける。

「やばい、こいつ本気だ！」

　倉橋と少年を囲んでいたE組生徒達に緊張が走った。

"人質を殺し屋にして国でおとなしく死ぬ"

　少年はそう宣言すると、あとは聞き馴れない言語でまくし立てた。
「だからお前の言ってること、わかんねぇんだよ！　わかるように言ってみろよ」
　前原がそう叫んだのが通じたのか、少年は倉橋に竹のナイフを突きつけながらもう一本ナイフを取り出した。E組生徒にはなじみのある、対先生ナイフだ。ナイフを殺せんせーにビシッと向ける。
「お前も暗殺者かよ」
　岡島をはじめ、E組の生徒達はみな状況を理解し、緊張が走った。
"おい、その子を放せ!"
　磯貝が英語で要求すると、少年は"これを放せば、お前死ぬ"と返答してきた。
　焦った前原がじりっと詰め寄ると、少年は倉橋に突き

つけたナイフをわずかに動かした。その瞬間をマッハ20の超生物は見逃さなかった。瞬時に少年の背後に回りこみ、竹のナイフを払いのけ、倉橋を網から救い出した。
「殺せんせー、ありがと〜!」
　殺せんせーは倉橋を地面に降ろした。
「ヌルフフフ、この程度の刃では先生にも生徒にも届きませんねぇ」
　余裕を見せつけていると、少年がクヌギの木に巻きついていたつるを切った。突然、地面が崩れて殺せんせーの体が沈みこむ。
「にゅやッ!?」
　落とし穴の壁に触手を張って踏ん張った。
「ふうっ、助かりました」
　冷や汗を拭っていると、木の上から少年が襲ってくる。
「にゅやぁぁぁッ!!」
　少年は殺せんせーに二刀流のナイフで襲いかかり、体を支えていた触手をざっくり切り落とす。
「ひぇぇぇぇっ!」

殺せんせーはあわてて穴から脱出しようとするが、触手がからまってしまう。殺せんせーの動きが鈍った瞬間、少年は「シャァァッ!!」と雄叫びを上げながら脳天を目がけてナイフを突いた。しかし、その渾身の一撃が殺せんせーにギリギリのところでかわされ、少年はバランスを崩した。

「!!」

　少年の体が飛び、穴に落ちていく。間一髪、落とし穴の縁(ふち)の草に手がかかり、辛うじて落下は防いだ。

　事の成り行きを見守っていたE組生徒達は、落とし穴に駆け寄った。落とし穴の底には、対先生ナイフを穂先に仕こんだ竹槍が何本も埋まっている。

「おい、大丈夫か？」

　磯貝が少年に手を伸ばすが、少年は歯を食いしばって必死にしがみつくだけで、磯貝の助けを無視した。草は少年の重みに引っ張られて徐々に抜けていく。

「磯貝君、無駄です。本人に助かろうとする気持ちがなければ、手を差し伸ばしてもしょうがありません」

「だって、このままじゃ死んじゃう……」

　少年は草にしがみつきながら、自分の国の言葉でわめいていた。それに対して、殺せんせーも同じ言葉で言い返した。

『君の技量では、私の暗殺は無理ですねぇ。さて、このまま放って置けば死にます。私は助けるつもりはありません。助かりたければ、皆にわかる言葉で伝える必要があります。さぁ、どうしますか？』

　E組生徒は二人のやりとりを固唾を飲んで見守った。少年が言い返せなくなると、殺せんせーはくるりと振り返って教室へ戻ろうとする。

　少年は殺せんせーに向かって叫んだが、やがて自分の置かれている立場を悟ったのか静かな口調でつぶやいた。

"Help me ..."(助けて……)

　すぐに磯貝と前原が少年の腕をつかんで引っ張り上げた。少年の目は野性味を失わずに殺せんせーのことをにらんでいる。殺せんせーはもう一度少年の言葉で話

しかけた。

『生徒達が英語を理解できて良かったですねぇ、君にとっては。異国に来て、現地の言葉はおろか、英語すら話せないようでは暗殺など不可能です』

「殺せんせー、いまなんて言ったの？」

「言葉の問題を抱えている、と教えてあげたのですよ、磯貝君。たとえ貧弱な武器でも、生死がかかっている時にはその武器を振り回す必要があります。今のやりとりで皆さんもわかったと思いますが、彼のように多少英単語を知っていても、つなぎ方を知らなければコミュニケーションで誤解が生まれます。せっかく英語という武器を持ちながら、その使い方を知らないのではもったいないですね。ここはひとつ、明日からしばらく彼と一緒に英語を学びながら先生を暗殺する、というのはどうですか？」

「まーた勉強に結びつけやがった。おいガキ、完全にこのタコのペースだぜ」

　寺坂が耳をほじりながら少年に話しかけた。

「仕方ねぇな、一度言い出したらきかないからな、殺せんせーは。なぁ君、なんて名前？　……ええと、What's your name?」

　杉野(すぎの)が英語で聞き直した。すると、少年は胸を張って誇らしげに答えた。

"Pui"(プイだ)

「プイ、よろしくね〜」

　倉橋は無邪気な笑顔でプイに握手を求めた。プイは差し出された手をじっとみたまま、微動だにしない。

「あはは、緊張してるのかな〜」

　前原は倉橋の無邪気さにあきれて頭に手をやった。

「あちゃー、倉橋もほんとお人好しだな。人質になったのに握手かよ」

「そんなにひどいことされなかったもん」

　倉橋の天真爛漫(てんしんらんまん)な笑顔に、前原はそれ以上突っこむ気もなくなった。

「渚、楽しくなりそうだね」

　茅野(かやの)は屈託ない笑顔で渚に話しかけた。

——殺せんせーは、暗殺に来た殺し屋の刃が錆びていたら、手入れをする習性がある。罠を仕掛けたこの子も、まんまと標的(ターゲット)の罠にはまってしまった——。

　渚はひそかにこの若い殺し屋に同情した。

to be continued...

基礎単語 07

with

ここからは第2章だよ。前置詞や副詞は、比較しながら覚えると理解が深まるから、ときどき戻ったりして確認しようね。

withの基本イメージは「**近接**」ってことだよ。上下でも左右でも、とにかく「**近くにある**」というニュアンスがあるんだ。だから**near**に似てるんだね。ここから「**一緒に**」とか、「**同意・一致**」の意味が出てくるよ。

つぎに重要なのが、A with Bで「**BがAの付属物**」だっていう意味。ここから「**所有・着用**」とか「**道具**」の意味につながるよ。じゃあ順番に殺っていこう。

担当：E-11
潮田 渚（しおた なぎさ）

近接（一緒に）
最初の例文はわかりやすいよね。with以下のものと距離が近かったり、親密な関係だったり、っていうイメージだよ。

I will **go with** you.	僕は君**と一緒に**行く
Do not **mix** this **with** that.	これはあれ**と混ぜて**はいけない
Practice should always **go with** theory.	理論にはつねに実践が**伴う**べきだ
My name **is associated with** the sea.	僕の名前は海**を連想させる**
She said to me that the dress should **go** well **with** my hair.	この服はあんたの髪型**に似合う**よ、と彼女は言った
This one **has** much **in common with** that.	これはあれ**と**色々な共通点がある
I wonder if she **is in love with** him.	彼女は彼**のこと**が好きなのかなあ
I must **have it out with** our teacher.	このことはせんせーと**ちゃんと話し合**わなきゃ
I **consulted with** my teacher about my future.	将来についてせんせー**に相談した**
I will try to **negotiate with** him.	僕が**交渉**してみる

communicate with her 彼女と連絡をとる

argue with a person
(=**dispute**, **quarrel**) 人と議論・論争する

次のページの agree with (一致・同意の with) と比較してみよう！

所有・着用
左のページで「付属物」って説明したのがこれ。「付属物」は「モノ」だったり「特徴」だったりするよ。

- You should **take** the guns **with** you.
  銃を持っていった方がいいよ

- a man **with** a helmet on
  ヘルメットを着用した男

- Strength **brings with** it new responsibilities.
  強くなることは新しい責任を伴う

- They are going out together **with a view to** getting married.
  その2人は結婚するつもりでつき合っている

- **With** your help, I might have succeeded.
  きみの助けがあれば、成功したかもしれない

 withやwithoutを使って、仮定法を作ることができるんだよ

- **With all** his faults, he is a great man.
  彼は色々欠点はあるけど、すごいやつだ (=**in spite of**)

- My mother sleeps **with** her eyes open.
  僕の母親は目を開けながら眠る

- He was looking at us **with** his hands in his pockets.
  彼はポケットに手を突っこんで僕らを見ていた

- I will **do away with** him.

» with

道具・付帯状況
「道具」も「付属物」だよね。「付帯状況」っていうのは、「ある出来事に伴う状況」みたいな意味だよ。

- kill **with** a knife
  ナイフで殺す

- **reload** the gun **with** bullets
  銃に弾丸を装填しなおす

- The floor **is covered with** BBs.
  床はBB弾で覆われている

- I said "thank you" to him **with all my heart**.
  僕は心をこめて「ありがとうございました」と言った

鷹岡先生
ありがとうございました

- **I'm satisfied [pleased] with** his answer.
  僕は彼の答えに満足した

- I handled him **with ease / difficulty**.
  彼は扱うのは簡単／大変だった

- He laid down the clipboard **with a sigh**.
  彼はため息をついてクリップボードを置いた

- Our teacher fell **with a thud**.
  せんせーがドサッと落下した

- Assassination **begins with** murderous intent and **ends with** being treated.
  暗殺は殺意にはじまり手入れをされることで終わる

- **What with** my studies and training, I have no time.
  勉強やら訓練やらで、時間がない

- He **is occupied [busied] with** his research.
  彼は研究で忙しい

- The government **provided** us **with** the ultimate suit.
  政府が僕らに最強のスーツを支給してくれた

- The facility **was** not **equipped with** much.
  その施設はあまり設備が整ってはいなかった

- **supply [provide]** a student **with** equipment
  生徒に装備を支給する

> endow A with B も「AにBを与える、授ける」って意味だよ！

同意・一致
これも「近接」の意味から理解できると思う。「協力する」という感じもあるよね。

- I don't **agree with** you.
  あなたには賛成できません

> agree to ともいうよ！とりあえずは with の次には人が来ることが多いって覚えとこう

Please **stay with** me.	僕のそばに居てください
I can **sympathize with** professional assassins.	僕はプロの暗殺者に共感することができる
I will **stick with** you.	あなたについて行きます
Nobody can **catch** [**come**] **up with** our teacher.	誰もせんせーには追いつけない
My teacher **came in contact with** my mother.	せんせーは僕の母と接触した
His actions always **accord with** his words.	僕たちの先生は常に発言と行動が一致している

correspond with も同じ意味だよ！

act **in concert** [**unison**] **with** someone
協力して行動する

We're **in good terms with** each other.
僕らは互いに良好な関係にある

 仲が悪いときは bad だよ。term は多義語だから、一度辞書を引いておこう

Let me **provide** you **with** secret lessons.

ここだけの秘密の勉強を教えてあげる

処置・対処
これはちょっと今までとは違うんだけど、with のあとに何かしらの「問題」がきて、それに「対処」する、って感じだよ。例文を見てみよう。

How shall I **deal with** the situation?	この状況にどう対処したらいいんだろう？
We are **struggling with** the speed of classes.	授業のスピードと格闘している
cope with a difficulty	困難に対処する
keep up with the time	時代に遅れずについていく
We have **met with** a lot of difficult situations.	僕らはいくつもの難局に直面してきた

» with

- How are you **getting along with** your studies? — 勉強の調子はどう？
- I can't **put up with** you. — あなたには我慢できません

> put up with の言い換えはたくさんあるよ。bear, stand, endure は覚えておこう。否定文で「がまんできない」っていうときに使うよ。

- At first I wondered **what to do with** the children. — 最初は子どもたちをどうすれば（接する）いいかわからなかった
- What have you **done with** your watch? — 時計をどうしたの？
- This **has nothing to do with** that. — これはそれとは関係がない
- We will **part with** each other at the end of term. — 学期終わりにはみんな離れ離れになる
- Let's **do away with** all ceremonies. — 格式張ったのは無しにしましょう
- I'm **done with** you. — 君とはおわりだ

この E 組は絶対に終わるんだよね

But you have never even tried to kill **with all your heart**.

殺そうとした事なんて無いくせに

I'm **through with** my work.	仕事がおわった
We can kill him as long as it doesn't **interfere with** class.	僕らは授業の邪魔をしない限りで彼を殺してよい
I have **made friends with** many in this class.	クラスにたくさん友だちができた
We **got acquainted with** a kind florist.	僕たちは親切な花屋さんと知り合った
We have **came familiar with** handling knives.	みんなナイフさばきには習熟した
Stop trying to **find faults with** everybody.	皆のあら探しをするのはやめたほうがいい
What is the matter with you?	どうしたの（なにかあったの）？
What do you want with me?	なにか用（何かしてほしいの）？
Something is wrong with our new teacher.	新任の先生はどこかがおかしい
We are all rivals that **compete with** one another.	僕らはみんな、互いに競い合うライバル同士だ
It is inevitable to **compare** class A **with** class E.	A組とE組を比較するのは避けがたいことだ

compare A to B は、「AをBに喩える」って意味だから注意！

その他の表現

ここには、フレーズ単位で覚えちゃった方が簡単な言い回しを主に集めたよ。声に出して覚えてね。

To begin with,	はじめに、
He was provoking the opponent **as usual with** him.	彼はまたいつものように相手を挑発していた
We were **content with** the result.	僕たちは結果に満足した
His vocation **coincides with** his avocation.	彼は仕事と趣味とが一致している
She **came down with** the flu.	彼女はインフルエンザでダウンした
We must **dispense with** the guns this time.	今回は銃なしでやらないといけない

do [go] without A も「Aなしでやる」って意味だよ

基礎単語 08 - 09

without / within

この2つはいかにも対義語って感じがするだろ？でもこれにwithも混じってきて、ちょっとややこしいんだよな。withoutはwithの対義語なんだけど、withinとwithは一緒じゃねーんだ。

でも意味はどっちも単純。withoutは「**持っていない**」と「**しない**」って意味だけ押さえておけばいけるみたいだぜ。I can't do anything without "ero." といえば、「エロが**なくては**何もできない」って意味になる。

withinは「**内側**」っていうイメージだけで大体OKっぽい。**家の内側**とか、**なんかの範囲の内側**、とかな。Do not keep "ero" within a cage. で、「エロを檻の**中に**閉じこめるべからず」って意味だ。**エロは皆のもの**だからな。

担当：E-3
岡島大河（おかじまたいが）

» without

〜がない
上の2つはカンタンだけど、よく使う言い方らしいぞ。3つ目は文法問題でよく出されるらしいぜ。

● My sexual desire is **without limit**.
俺の性欲は**天井知らず**だ

● There is no rule **without exceptions**.
例外のない規則はない

● **Without** (= **but for**) ero, the trinity of our class should collapse.
エロが**なければ**、我がクラスの三位一体は崩壊する

without の言い換えには、but for 以外にも、If it were not for って難しい言い方もあるぜ！

しない
これもやっぱり単純だけど、2つ目の言い方は声に出してフレーズごと覚えちまったほうがラクだぜ。

● He succeeds **without working hard**, or so it seems.
彼は**努力しないで**成功している、あるいはそのように見える

● **It goes without saying that** I will secure the fisheye lens.
もちろん（言うまでもなく）、魚眼レンズは俺が調達する

They **never** meet **without** quarrelling. あいつらは会うと必ず口論する（会って口論しないことがない）

二重否定（never と without）で強い肯定の意味になるぞ！

外
これはもう古い使い方で、使われてないらしい。けど、without と within が対義語だっていうことはこの意味が一番わかりやすいよな。

✒ It is cold **without**. 外は寒い

この意味の対義語が within なんだよなー

✒ The sounds seemed to come **from without**. その物音は外から聞こえてくるようだった

outside と同じ意味だぜ！

》》within

内部
こっちはほとんど inside みたいな意味ってことでいいと思うぜ！

I'm just listening to the voice **within myself** — Everyone should have one too. 俺は自分のうちなる声に耳を傾けているだけだ――誰もがそれを持っているはずさ

The sound seemed to come **from within** the house. その物音は家の中から聞こえてくるようだった

I can't wait **going within** the cave with my partner.
ペアの子と一緒に洞窟の中に入るのが待ちきれない

範囲・限界
法律とか時間制限とか、決められた範囲の内側、ってことだな。あんまり難しいことないだろ？

We must bring our teacher **within an hour**. ぼくらは1時間以内にせんせーを持って行かなくてはならない

I wish our classroom was **within an easy walk** from the main building. 俺たちの教室が本校舎から歩いて楽に行けるところ（範囲内）にあったらよかったのに

It is difficult for us to come up with sentences of this character **within the law** anymore. もう法律の範囲内でこれ以上このキャラに関する例文を思いつくのは難しい

基礎単語 10

at

はいー、atとかチョロいからさっさと殺っちゃうよー。

基本イメージは「**点**」ね。場所でも時間でも、**広がりがあんまりない**感じ。stand at the doorっていうと、「**ドアのところに立つ**」、at midnightっていうと「**ちょうど真夜中に**」、みたいな。

そんで、「点」のイメージと繋げて覚えて欲しいんだけど、「**狙う**」みたいな意味にもなんのね。「笑う」ってlaugh atって言うっしょ？ あれも、「誰かに向かって笑う」みたいなニュアンスがあんだよね。

担当：E-17
中村莉桜（なかむら りお）

地点・時点
上で説明した感じでいけるやつね。4つめはチョイ違うけど、超よく見るから覚えときなよ！

at the end of the queue	列の**最後尾**に
at eleven o'clock	11時（**ちょうど**）に
I **bought** this novel **at** a secondhand bookstore.	わたしはこの小説を**古本屋**で買った
Please make yourself **at home**.	自分の家にいるように＝**くつろいで**ください
She **is good / poor at** English.	彼女は英語が**得意だ／苦手だ**
Our teacher can fly **at a speed of** Mach 20.	わたしたちのせんせーはマッハ20の**速さで**飛べる
Holden always **comes in at** the back door.	ホールデンはいつも**裏口**から入ってくる

この at は、through とか by とか from を使うのがフツーなんだけど、at を使うと特に「**通過地点**」って感じが強くでるよ

Now, I'm a girl good at English **at best**.	いまじゃ、**せいぜい**「英語できるギャル」がいいとこ

目標・方向

こっちはちょっと動いてる感じがあるけど、「移動してどっかの点に到着」みたいなイメージでOKっしょ。あと「狙う」！

- We finally **arrived at** home / a conclusion.
  私たちはやっと家に着いた／結論に達した

- I was scolded for **shooting at** my teacher during class.
  授業中にせんせーめがけて銃を撃ったら叱られた

- I'm **aiming at** being a diplomat.
  わたしは外交官を目指している

- A drowning man will **catch at** a straw.
  溺れる者は藁をもつかむ（つかもうとする）

- Stradlater **guessed at** the price of my red hunting hat.
  ストラドレイターがぼくの赤いハンチング帽の値段を予想した

You didn't have many good friends **back at** America, did you Seo-kun? Like an octopus that enthusiastically recommends books to you.

従事・状態

まぁちょっと抽象的になるけど、「何らかの状態にある」って感じかな。at work で「仕事中」とかね。

- He was **at a loss** what to do with the problem.
  彼はその問題をどうしたらいいのか途方に暮れた

- His true sex is **at issue**.
  彼の真の性別が問題になっている

- My handmade transceiver is finally **at work**.
  手作りのトランシーバーがついに作動した

» at

We **were at table** when Ackley came in noisily.
ぼくらが食事していたときにアックリーがやかましく入ってきた

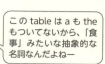
この table は a も the もついてないから、「食事」みたいな抽象的な名詞なんだよねー

- It is nice to have a native speaker **near at hand**.
  手近なところにネイティブ・スピーカーがいるのはよい

- His costume is **at the mercy of** my hands.
  あの子の服装はわたしの一存にかかっているのだ

- Not only his costume but also his future is **at my will**.
  彼の服装だけではなく、彼の将来も私の思うままだ

感情の原因
なんか大げさな見出しにしちゃったけど、要は surprise at の at ね。

- **I was surprised / pleased at** the test result.
  テストの結果に驚く／喜ぶ

- Phoebe **rejoiced at** the sight of her brother.
  フィービーは兄の姿を見てよろこんだ

その他の表現
ちょっと多いけど、よく使う言い回しばっかだからちゃんと見とくように〜。会話にも使えるからね。

at large	① (危険人物などが) 逃走中で、② 充分・詳細に、③ 全体として
at length	① 十分詳細に、② ついに、③ ながながと
at random	手当たり次第 (ランダム) に
at ease	くつろいで
at present	今のところ
at times	ときどき
at the same time	同時に
at the moment	今ちょうど
two at a time	一度にふたつ

こんぐらいヨユウっしょー

- **at first / at last** 　　　最初は／やっと、ついに
- **at once / all at once** 　すぐに、同時に
- **at least** 　　　　　　　最低でも、せめて
- **at any cost [all costs]** どんな犠牲を払っても
- **at all events / at any rate** いずれにせよ、とにかく
- **not at all** 　　　　　　　まったく〜ない

基礎単語 11

up

さて、upの時間ですよ。これは次の**downとセットで**殺っておきましょう。

upの基本イメージは「**上**」ということですが、さらに、「**下から上へ（垂直に）動く**」というニュアンスも含まれています。それを基本として色々な意味に変化してゆくんですがねぇ。ヌルフフフ…。

「**上**」のイメージから、「**調子が良い**」とか、「**仕上げる（完了）**」の意味を伴うこともありますし、見えなかったものが上がってきて視界に入ってくることで「**見える**」ようになったりもしますよ。

担当：殺せんせー

上（へ）、接近
上で「垂直」と言いましたが、「接近」というのは水平方向ですねぇ。最後の例文なんかがそれに近いですよ。

- They will **grow up** through trying to kill me.
  彼らは私を殺そうとすることを通じて**成長する**でしょう

- It is fun to **bring up** children.
  子供を育てるのは楽しい

- **pick / hang up** the phone
  電話に**でる**／**を切る**

 hang on や hold on で「切らずに待つ」ですよ。これは Hold the line. とも言います

- I want every student to **look up to** me!
  私は生徒全員に**尊敬され**たいんです！

- **Stand up for** your friend.
  友達の**味方をしなさい**

- It's no good for your beauty to **sit [stay] up** (late).
  夜更かしは美容に良くありませんよ

- The reward **comes [sums] up** to 30 billion yen.
  報酬は300億円に**のぼる**

- Work hard to **catch [come] up with** the class.
  クラスに**追いつける**ように頑張って勉強する

完了・生成

日本語でも「仕上げる」という「完了」の言い方に「上」の字が入っています。こういう共通点の発見も語学の面白さのひとつですよ。

eat up tissue paper / **drink up** poison	ティッシュを食べ切る／毒を飲み干す
You seem to have **used up** all your ammunitions.	弾薬を全て使い切ってしまったようですねぇ
The sky **cleared up**.	空が晴れ上がった
Are you going to **give up**?	諦めちゃうんですか？
Do not **make up** an excuse.	言い訳を作り上げるのはよしなさい
Who would like to **sign up** for the mission?	この任務に志願する者はいますか？
Please **call** me **up** when you need me.	私が必要になったら、電話して下さい

35ページで浅野君が説明していたことを、ここで復習しておきましょう。他動詞(call)＋副詞(up)という組み合わせの熟語（句動詞といいます）では、目的語（ここでは me）の位置が、call と up に挟まれたり、up の次になったりするんでしたね。どういう原則でそうなるか、覚えていますか？「原則」と言うからには、もちろん例外もあるんですがねぇ。

"I shall **show up** in such a situation," said he.

「その時は先生の出番です」と

その他の表現

ここでは主に口語でよく使う言い方を集めてみました。もっともっとありますから、辞書も引いてくださいね。

Up there!	ほらあそこ！
What's up?	どうした？
Cheer / Hurry / Slow / Speak / Shut + up!	元気だせよ／急げ／スピード落とせ／もっと大きい声で／黙れ！
It's all up to you.	君次第だよ（決断は君に一任されている）
up to date (⇔ **out of date**)	（知識・型などが）最新の

基礎単語 12

down

みなさん、おはようございます！ downの時間です。前のページのupと比較しながら学んで下さいね。この2つは対義語なんですよ。

基本になるイメージは「下」です。日本語でもそうですが、「下」というと、やっぱりネガティブなイメージがつきまとう表現が多くなりますね。

downもupと同じで水平方向の移動に使われることもあります。また、地面や床との相性がよい単語でもありますよ！

担当：E-27
自律思考固定砲台

上から下へ
最も基本となる意味ですが、すこし比喩的な表現も混じっているから気をつけてくださいね！

Put your gun **down**! 　　銃を置きなさい！

turn down the volume 　　音量を下げる

> turn down the proposition というと、提案を「却下」するという意味になります。これも「下」の字が入っていますね！

calm the children **down** 　　（騒いでいる）子供たちを落ち着かせる

He **looks down on** class E. 　　彼はE組を軽蔑している ⇔ look up to

gulp down the bread 　　パンを飲み干す

pass down our teacher's beliefs **to** the next generation 　　せんせーの信条を次世代に伝える

The monolith **breaks down** every now and again. 　　このモノリスはしばしば故障する

upside down 　　さかさま

fall down 　　倒れる

Let's **get down to** business. 　　早速仕事にとりかかろう

Shake potato fries by jumping **up and down**.

上下にジャンプしてポテトを振る

- **walk down** the corridor
  廊下を**歩く**

  > 水平方向で使われる例ですね！

- **down the wind** 風下に

- **downtown** ⇔ uptown
  下町 ⇔ 山の手

  > 今はあまり使われませんが、「山の手」は高台にある高級住宅地のことですよ！

- **the ups and downs**
  （人生の）**浮き沈み**

  > That's what I used to be until yesterday. Junk... I have no choice but to **swallow down** my words.

| 地面に、床に | この意味も、「下」というイメージから連想しやすいと思います。 |

The house **burned down**. 家が焼け落ちた

Her tears **knocked** me **down**. 彼女の涙にやられてしまった

Our teacher apologized **down on knees**. せんせーは膝をついて謝罪した

> 関節あいまいだけどね！

| 固定 | 私の正式名称はご存じですか？ 私は実は床に「固定」されているんです。「書き留める」の「留める」もやっぱり固定に似てますね。 |

- **write down** our teacher's weak points
  せんせーの弱点を**書き留める**

- The monolith is **nailed down to** the floor.
  そのモノリスは床に**打ちつけられている**

- **chase** [**hunt**] the students **down** in the blink of an eye
  生徒を瞬く間に**追い詰める**

基礎単語 13 - 14

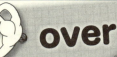

over / under

この時間はoverとunderを同時に扱う。これらは対義語だからだ。**over**は「**上**」、**under**は「**下**」というイメージは持てているか？

overは「上」といっても**「かぶさる」ような「広がり」**がある。それゆえ、抽象的な意味に発展すると**「じっくりと」**というニュアンスが生じる。難しければ、右ページを参照してくれ。

underもこれと似たところがある。over Aが「Aについてじっくり」だとすれば、under Aで**「Aによってじっくり～される」**という逆の意味になるわけだ。

担当：烏間惟臣（からすま・ただおみ）

▶▶ over

覆う、越える — over の「上」は、「垂直の真上」よりも「放物線を描いて越える」イメージを持つといいぞ。そこから、「あっちの」という意味にもなる。

get **over** the fence	フェンスを乗り越える
He must **be over** (=**above**) forty.	彼は40歳以上であるに違いない
all over the world	世界中で
Can you see that smoke **over there**?	むこうの煙が見えるか
talk **over** a cup of coffee	コーヒーを飲みながら談笑する
The car **ran over** a child.	車が子供をひいた

に関して — これは on や about と近いが、over になると「じっくり／くどくど／何度も繰り返し」というニュアンスが濃くなる。

Let's **talk / think over** the matter.	そのことについてじっくり話し合おう／考えよう
She has **wept over** his death.	彼女は彼が死んで大いに泣いた

影響力 — on にも影響の意味があったのは覚えているか？ 対義語だけではなく、類義語を関連づけて覚えるのも効果的な勉強方法だ。

Have **control over** your body.	自分の身体をコントロールしろ
You must **get over** your timidity.	臆病に打ち克たねばならない

反復

ひとつめの例文には again をつけたが、本当は over だけで「もう一度」という含みがあることは意識しておいてくれ。

- **Start over** again. 最初から<u>やりなおせ</u>
- **Do** the practice **over**. <u>もう一度練習しろ</u>
- Please **look over** my report. 私の報告書を<u>見直して</u>下さい

終わり

ひとつめの例文は文法的には形容詞だが、「終わる」、「終わらせる」というニュアンスがつかめれば OK だ。

- First semester **is over**. 一学期が<u>終わった</u>
- **get over** the poison 毒から<u>回復する</u>

>> under

下(に)

over の最初の意味のほぼ真逆と考えておけばとりあえず大丈夫だ。すこし高度な言い回しも載せておいたから参考にしてくれ。

- **live under** the same roof 一つ屋根の<u>下に</u>住む
- They are still **under age**. 彼らはまだ<u>未成年</u>だ
- The conference was held **under cover**. 会議が<u>秘密裡に</u>開催された
- Death **under** the guise of a florist 花屋の仮面を<u>かぶった</u>死神
- **speak under** your **breath** <u>小さな声で話せ</u>

影響・支配

over は主語のほうが「影響力」を持ち「支配」する側だったが、こちらは逆になっていることに注意してくれ。

- **keep** the dogs **under control** with a smile 笑顔で犬を<u>支配下に</u>おく
- **Under Construction** 「<u>建設中</u>」
- He works **under** my **orders**. 彼は私の<u>指示に従って</u>動く(働く)
- The students made a great progress **under his care**. 彼が<u>面倒を見て</u>生徒は大きく進歩した
- **Born under** a special **star**. 特別な星の下に生まれた

分類

これは滅多に見るものではないが、under のイメージと機能を把握するにあたって有益なところもあるだろう。

- This word **comes under** the heading of "Q" in the dictionary. この単語は辞書で「Q」の項目に<u>出てくる(含まれている)</u>

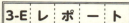

基本的な熟語①

一般的な熟語はここでバッチリマスター!

ここでは、前置詞・副詞と動詞ページでは取り上げませんでしたが、基本でありながら、非常に大事な熟語を一覧にして紹介していきますよ。

熟語	日本語訳
all but A	ほとんどAである／A以外のすべて
All one has to do is A	Aさえすればよい
all the way	はるばる
and so on	などなど
and yet	しかし
anything but A	ぜんぜんAではない
nothing but A	Aだけ／Aであるにすぎない
ask 人 a favor	人に頼みごとをする
back and forth	行ったり来たり
be all ears	全身を耳にして
be anxious about A	Aの心配をする
be anxious to do	しきりに do したがる
be apt to do	do しがちである
be beside oneself (with A)	(Aで) 我を忘れて
be capable of doing	do できる
be certain to do	まちがいなく do する
be sure to do	まちがいなく do する
be characteristic of A	Aに特有である

熟語	日本語訳
be concerned about A	Aを心配している
be concerned with A	Aに関係している
be conscious of A	Aを意識している／Aに気づいている
be forced to do	やむを得ず do する
be inclined to do	do しがちである／do したい気がする
be liable to do	do しがちである
be likely to do	（見たところ）do しそうである
feel like doing	do したい気がする
be reluctant to do	do するのがかったるい
be supposed to do	do するということになっている
be (all) the rage	大人気である
be to blame	責を負うべきである
be to do	do する予定だ／do できる／do すべきだ
be willing to do	べつに do しても構わない
be worth doing	do する価値がある
be worthy of A	Aに値する
bring A home to 人	Aを人に痛感させる
cannot bring oneself to do	do する気になれない
cannot afford to do	do する余裕はない
cannot help but do	do せざるを得ない
cannot help doing	do せざるを得ない
It cannot be helped.	それはどうしようもない
cannot be too A	いくらAしてもしすぎることはない
cannot be A enough	いくらAしてもしすぎることはない
catch 人 doing	人が do しているところを目撃する
Chances are that …	たぶん…だろう
change one's mind	気が変わる
date back to A	A（時）にさかのぼる
date from A	A（時）から続いている

3-Eレポート

名は体を表す!? ナイスネーミング!?
3-Eのコードネーム英語

発表者・木村正義(きむらジャスティス)

俺の本名がきっかけとなって、E組全員がお互いにつけ合ったコードネーム。そのコードネームを英訳したので参考にしてみてくれ。

E-1》赤羽業(あかばねカルマ) — 中二半
Sophomore and a Half

E-2》磯貝悠馬(いそがいゆうま) — 貧乏委員
Povertist

E-3》岡島大河(おかじまたいが) — 変態終末期
Horny Apocalypse

E-4》岡野ひなた(おかのひなた) — すごいサル
Real Ape

E-5》奥田愛美(おくだまなみ) — 毒メガネ
Poison Glasses

E-6》片岡メグ(かたおかメグ) — 凛として説教
Dignified Lecture

E-7》茅野カエデ(かやのカエデ) — 永遠の0
Absolute Zero

神崎名人
Kanzaki Sensei
E-8 ≫ 神崎有希子(かんざきゆきこ)

ジャスティス
JUSTICE
E-9 ≫ 木村正義(きむらジャスティス)

E-10 ≫ 倉橋陽菜乃(くらはしひなの)
ゆるふわクワガタ
Fluffy Stag

性別
Sex
E-11 ≫ 潮田渚(しおたなぎさ)

美術ノッポ
Lanky Arty
E-12 ≫ 菅谷創介(すがやそうすけ)

野球バカ
Baseball Nut
E-13 ≫ 杉野友人(すぎのともひと)

鷹岡
もどき
Fake
Takaoka

メガネ(爆)
Foureyes LMAO
E-14 ≫ 竹林孝太郎(たけばやしこうたろう)

E-16 ≫ 寺坂竜馬(てらさかりょうま)

E-15 ≫ 千葉龍之介(ちばりゅうのすけ)
ギャルゲーの主人公
Anonymous

ギャル英語
Gal English
E-17 ≫ 中村莉桜(なかむらりお)

ツンデレ
スナイパー

E-18 ≫ 狭間綺羅々(はざまきらら)

Tsundere Sniper
E-19 ≫ 速水凛香(はやみりんか)

E組の闇
Darkside E

3-Eのコードネーム英語

椚ヶ丘の母 / Mother Kunugigaoka
E-20》原寿美鈴

このマンガがすごい!! / Comic Sommelière
E-21》不破優月

女たらしクソ野郎 / Heartbreaker Sunovabitch
E-22》前原陽斗

E-23》三村航輝
キノコディレクター / Mushroom Director

E-24》村松拓哉
へちま / Loofah

E-25》矢田桃花
ポニーテールと乳 / Ponytail & Boobs

E-26》吉田大成
ホームベース / Homeplate

E-27》自律思考固定砲台
萌え箱 / Moe Box

E-28》堀部糸成
コロコロ上がり / Ex-Corocoro

副担任》烏間惟臣
堅物 / Mr. Insensitive

永遠なる疾風の運命の皇子 / Everlasting-Zephyrean-Ordained-Prince

教科担任》イリーナ・イェラビッチ
ビッチビチ / Bitchy Bitch

担任》殺せんせー
「バカなるエロのチキンのタコ」だろ！
(Stupid-Horny-Chicken-Octopus)

第3章
プイの時間

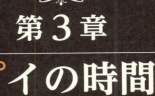

殺る気の出る格言

*He can who thinks he can,
and he can't who thinks he can't.
This is an inexorable, indisputable law.*

——できると思えばできる、
　　できないと思えばできない。
　　これは、ゆるぎない
　　　　絶対的な法則である。

Pablo Picasso
パブロ・ピカソ

最も多くの作品を描き
制作した偉人です
先生を殺る方法も
無限ですよ
ヌルフフフ

3. プイの時間

　E組の教室に来たプイは、昨日暗殺を仕掛けた時と同じ鋭い眼光でイトナとカルマに挟まれた席に座っている。机の上には対先生ナイフが堂々と置いてあり、殺る気満々だ。
「あいつ、勉強する気あんのかな？」
「さあ……」
　岡島と不破が心配そうに様子をうかがっていると、プイがチラッと見返した。少々落ちつかない様子で教室のあちこちを見回しては、また前をまっすぐ見つめる。そこへ片岡がやってきた。
"はい、ノートとペン。これ使って勉強してね"
　英語でプイに伝えると、プイは片岡をチラッと見てからノートとペンを受け取った。
"ありがと"
"どういたしまして。困ったことがあったら、なんでも言ってね"
　片岡は素直に受け取ってもらい、ほっとして席に戻った。

「みんな、どんどんプイに英語で話しかけてあげてね」
「おっしゃー」
「もちろん!」

　教室がにぎやかになったところで、入り口の引き戸が開く。殺せんせーがいつも以上にニヤニヤして入ってきた。
"みなさん、おはようございます。今日も一緒に勉強しますよ"
「うわ、朝から英語モードだ〜」
「仕方ねぇな、俺らも合わせてやっか」

　倉橋と木村が顔を見合わせてうなずくと、殺せんせーに挨拶を返す。
"おはようございます、殺ティーチャー!"
"パーフェクトですねぇ、木村くんに倉橋さん"

　こうして教室はすっかり英語モードになった。

　プイは制服を着た同年代の少年少女自体が珍しく、その様子をジロジロ見ていた。プイの様子が気になった倉橋が振り返ると、プイは視線をそらして背を伸ばした。誰かの視線を感じる度に姿勢を正してなめられないよう必死だ。ただ、律のことはどうにも気になるらしく、律が動くのを感じる度に前面の画面を覗きこんだ。

「ま、普通気になるよな……」

「だよね」

　杉野(すぎの)と不破がひそひそと話した。

「こないだの棒倒しさぁ、今思い出しても痛快だったよなー」

　菅谷(すがや)の席に木村がやってきて、先日行われた体育祭のことについて話しこんでいた。

「お前もすげぇ活躍したもんな。浅野(あさの)が要注意ってマークしてた三人のうちの一人だったし」

「俺は大したことしてないって。チーム全体で機能したのがすごかったんだって。下級生もE組のこと見直し始めたしな。もうA組にはバカにさせないぜ」

「でもさ、いくらA組相手にがんばってもさ、結局俺らって理事長の支配から逃げられないよな」

「まーな」

　ふとプイが二人の会話を不思議そうな顔で見守っていたのに気づき、菅谷が英語で伝えようとする。

「そうだ、理事長のこととかも教えておいた方がいいのか。えーと……支配されてる、って英語でなんて言えばいいんだ?」

「たしか、"over"とか使うんじゃなかったっけ。"control

over〜"とか」

「はいはい"over"ね。で、どう言えばいい?」

「俺に聞くなよ。俺が聞きたいんだって」

「あれ、"under"じゃなかったっけ？ "under control"って言うんじゃないかな」

　菅谷と木村がお互い自信なく言い合ってると、次の授業のためにビッチ先生が教室に入ってきた。

「二人ともどうしたの?」

「あ、ビッチ先生、ちょうどいいところに。"支配されている"って、英語でなんて言えばいいか悩んでたんです。"over"と"under"、どっちを使うんでしたっけ?」

　木村が聞くと、ビッチ先生はフッと微笑んだ。

「"支配"について聞きたいですって？　なら、わかりやすく教えてあげるわ」

　いきなり木村のことをつかむと、そのまま床に押し倒して馬乗りになった。

「うおっ!?」

　ビッチ先生の奇襲攻撃に、木村はされるがままになった。木村の目の前にビッチ先生の胸が張り出して視界を占領している。

「どう、この状態？　私の胸があなたの真上にあるでしょ？　この状態を英語で言ってみなさい」
「え、英語!?」

　木村はビッチ先生の胸の迫力にドギマギしながら、頭の中を回転させた。

"My teacher's breast are over me."(先生の胸が僕の上にある)

「そう、上出来だわ。じゃあ、今度は上からの視点を想像しなさい。いま私の胸の下にあなたがいる。それを英語で言ってごらんなさい。

"I am lying under my teacher's breast."(僕は先生の胸の下にいる)

「完璧ね。いまの状態を下からの視点と上からの視点、二つの言い方をしたわね。いま、あなたはどんな気分？」
「……何にも言えねぇっす」
「もっと刺激が必要？」

　ビッチ先生は体を前のめりにして胸を押しつけていく。木村は「ぐはっ」とうめいた。
「頭が上がらないっていうか……逆らえないって感じです」
「そうね、私の胸にあなたが支配されていると言えるわ」

「は、はい……」

　木村は思わずつばを飲みこんだ。

「だから、"僕は先生の胸に支配されている"というのはoverとunder、両方で表現できるのよ。"My teacher's breasts have control over me." "I am under the control of my teacher's breasts."となるわけ。理解できたかしら？」

　ビッチ先生が木村を見下ろして尋ねたが、木村は視線を横に逸らしたままだ。

「わ、わかったから、どいて……ください……」

　そうお願いされ、ふふっと笑ってビッチ先生は木村を起こした。そのやりとりをプイが目を丸くして見ていた。ビッチ先生がプイに話しかける。

"あら、あなたも私に支配されたいかしら？"

　プイは顔を真っ赤にしてうつむいた。不破と原がその様子を見逃さなかった。

「見た!?　プイ、顔真っ赤にしてたよね」

「なんかかわいー」

　その日の英会話の授業は、ビッチ先生が日本語のわからないプイに配慮して、全部英語で行った。

"はい、今日は英語で全部授業するわよ。いままで英会話のポイントをたくさん教えてきたんだから、これくらいはついてきなさい。いい?"

"Yes, Ms."(はい、先生)

　E組生徒達が一斉に返事をする。が、一つだけ異なる返事が混じっていたのをビッチ先生は聞き逃さなかった。

"おい、そこ! いま、しれっと'Yes, bitch.'(はい、ビッチ)って言ったでしょ!?"

　ビッチ先生に指差されたカルマは舌を出した。

"ビッチはビッチじゃん。新入りの彼にどんな教師かちゃんと教えてあげないとね"

　カルマはプイに何かを耳打ちした。するとプイはカルマの顔をまじまじと見て、ビッチ先生を見て、顔を赤くした。

"ちょっと、何を吹きこんだのよ!?"

"ビッチ先生の得意技はディープキスで、ディープキスだけで男を十人殺した実績がある、ってね"

"あら、十人じゃ足りないわよ"

　ビッチ先生とカルマの会話はすらすらと続く。二人の会話はテンポが速くて聞き取るのが大変だが、単純な英語で話の流れがわかりやすいので、英語が苦手な生徒もだいたい会話につい

ていけた。最初は警戒して引きつった表情だったプイも、他の生徒と同じく教室の会話と雰囲気についていっている。

"ちょっと前に来なさい。君のことよ、プイ"

　プイは最初キョロキョロ見回してとぼけていたが、ビッチ先生に手招きされると頭をかきながら教室の前に向かった。照れて、ビッチ先生のことをまともに見ることができない。

"君の発音、ちょっと問題があるわね。'under'って発音してごらんなさい"

"under"

"そう、プイの'under'、最初の音が口を開け過ぎよ。もっと暗い、くぐもった音なのよ。私の唇をよく見なさい"

"under"

　ビッチ先生の発音はいつも以上にけだるく、色気のあるものだった。

"ほら、私が'under'って言うときは口をあまり開けないで言ってるでしょ？　プイは'アー'って歯医者に行ったみたいに大きく開けるけど、そうじゃないの"

　プイはビッチ先生の唇を見つめているうちに、顔が赤くなってくる。

"私に続いて言いなさい。'under'"

"under"

"love"

"love..."

　プイがドギマギしているのが端から見てもよくわかり、生徒たちはハラハラして見守る。

"いまのでわかった？　'under'と'love'は同じ発音なのよ。'love'も口を大きく開けて明るく言うんじゃなくて、口をちょっとだけ開けて、色っぽく言うものよ。'I love you'って"

　ビッチ先生の色気たっぷりな"I love you"にE組生徒たち全員が当てられて室内の気温があがったが、プイはとりわけ顔を真っ赤にして呆然としていた。

「あっ、鼻血！」

　岡野がプイの鼻から垂れる赤いものに気づいた。あわててティッシュを取り出してプイの鼻に当てた。

「興奮しすぎで鼻血出してんじゃねぇよ、プイ。小学生かよ」

　と、からかった岡島の鼻からもツーと鼻血が垂れる。

「お前もか」

　菅谷が振り返ると、イトナまで鼻血を垂らしていた。

「まるで、鼻血三兄弟だわ」

ビッチ先生は自分の色気がもたらした結果に満足して、色っぽい笑顔を見せた。

　体育の時間になって教室の外に出ると、いままで緊張気味だったプイの表情が少しほぐれた。
「今日はまずナイフ捌(さば)きのおさらいをしよう。基礎の反復がすべての技術の支えになる」
「はいっ」
　烏間(からすま)の指示に従い、生徒達はいっち、にー、さん、しー、と掛け声とともにナイフ捌きの基礎の動き、振り下ろす、横に払う、上に突き上げる、まっすぐ突く、を繰り返す。プイもE組生徒達と一緒に同じ動きを行う。生徒達のナイフの軌道は直線的だが、プイのナイフは弓なりの軌道だ。
「見て見て、プイのナイフ、ちょっと違う感じだよ」
　岡野がプイの変則的な動きに気づいた。
「基礎をおさらいしたところで、次は近接攻撃の訓練だ。磯貝(いそがい)君と前原(まえはら)君、まずは二人で攻撃して来い」
「1分以内にナイフ当てたら、ごほうびくださいよ!」
「いいだろう。三村(みむら)君、計ってくれ」
　ポケットから腕時計を出して三村に渡した。前原は磯

貝に耳打ちして計画を伝える。
「始め！」
　前原は烏間の正面に立ち、ナイフを小刻みに振って牽制する。その隙に磯貝が烏間の背後に回りこむ。前後から挟み撃ちにする作戦だ。しかし、烏間は前原の手首を叩いてナイフを放させると、背後から襲ってきた磯貝のナイフをかわして足払いを食らわせる。吹っ飛んだ磯貝は一回転して受身を取ると、ナイフを拾った前原と一緒に正面から攻撃を仕掛ける。二人がかりのナイフ攻撃を数回かわしたところで「1分！」と三村のコールが入って、終了となった。
「残念だったな。前後挟み撃ちというアイデアはいいが、俺はそれを一番警戒している。前原君の攻撃は牽制のためなのがバレバレで、あれでは俺の注意を引けない。襲われる側の心理を考えてみなさい」
「は、はい……」
　前原はしょげて肩を落とした。その肩に手がかかる。
"プイ、お前とやる"
"マジか？"
　プイは力強くうなずくと、前原に小声でささやいた。
"ノープランだ。ただ攻撃を続ける"

そして烏間に向かってナイフを向ける。

"いくぞ、Mr.カラスマ"

"いいだろう。遠慮なく来い"

　プイはいきなり鋭い突きを放つ。

「むっ」

　その素早さに烏間は思わずバランスを崩した。そこへ前原のナイフが伸びてくる。体をひねってギリギリ避けるが、体勢を立て直す前にプイがさらに襲いかかる。ひじを張って防ごうとするが、弓なりに伸びるプイのナイフはひじをかわして烏間の肩口をかすめた。

「おおおっ」

　プイが初めての挑戦で烏間攻略に成功すると、見守っていたE組生徒達からどよめきの声が起こった。

「やるなー」

「すげぇ」

　プイはちょっと口角を上げただけでほとんど表情を変えず、胸を張って立っている。烏間はプイを手放しに褒めた。

"場数を踏んでいるのがよく伝わってきた。さすがに殺し屋として生計を立てていただけはある"

烏間が次に行ったのは、フリーランニングの訓練だ。
「岡野さん、フリーランニングの動きを見せてやってくれ。あの斜面の上まで最速のルートで行くんだ」
「はい!」
　岡野は烏間が指した急な斜面に走っていく。斜面には蛇行する山道があるが、岡野は目もくれずに大きなナラの木を駆け上がって枝に飛びつくと、木から木へ移動する。
「おーい」
　あっという間に上り切った岡野が崖の上から手を振った。プイはヒューと口笛を吹いて感心した。
"プイもやってみるか?"
"ああ"
　E組生徒達がプイのトライアルをじっと見守る。プイは斜面をそのまままっすぐ登っていく。斜面に生えている低い木を手がかりにして、急な斜面も苦にせずそのまま登りきった。烏間はストップウォッチを止める。
「……岡野さんとほぼ同タイムか。高いポテンシャルを秘めているな」
　斜面の上で木に手をかけて誇らしげにたたずむプイには、たしかに戦士の風格がある。

to be continued...

基礎単語 15

in

第3章はじまるよー！ inを殺すのは私です！
inの基本イメージは、**A is in B**で、「**AはBの中にある**」ってこと！ 逆に言うと、AはBに「**囲まれてる**」っていう「**包囲**」の感じも大事だよー。
inのつぎに来るのが部屋だったりするとわかりやすいんだけど、ほかにも「**時間**」とか、「**状態**」が来たりするの。そういうときは、in Aで「**Aという状態／形態で**」っていう意味になるみたい！
これだけじゃ難しいと思うから、とりあえず例文を見てこー！

担当：E-7
茅野カエデ

中(へ) ① 空間　これは in A の「A」が具体的な場所とか容器とかの例だから、わかりやすいはず！

- Our teacher **is in** the classroom.　せんせーは教室の中にいる
- Our teacher told him to **go / come in** the classroom.　せんせーは彼に教室の中へ入る／入ってくるように言った
- not a cloud **in** the sky　空には雲ひとつない
- stand **in front of** the blackboard　黒板の前に立つ
- build up the gigantic pudding **in the middle [center] of** the track　校庭のまんなかで巨大プリンをつくる
- and hide a bomb **in the heart of** the pudding　そしてプリンの中心に爆弾を仕込む
- **put** the sugar and eggs **in** the bowl　砂糖と卵をボウルに入れる
- The lingerie thief **broke in** through the window.　下着ドロは窓を破って侵入した
- I was **caught in a shower** on the way home.　家に帰る途中で急な雨に降られた
- Happiness **lies in** sugar.　幸福は砂糖にあり（=consist in）
- **check in** the hotel　ホテルにチェックインする

We were **locked in** by Death.	ぼくらは死神に閉じこめられた
take in the skills of a professional assassin	プロの暗殺者の技術を吸収する

中(へ)② 時間 on や at にも「時間」の意味があるけど、それと比べてみてね。in はちょっと幅のある、「長めの時間」になるよ！

In the morning / evening	朝に／夕方に
My older brother was **born in** the twentieth century.	私の兄は20世紀に生まれた
Let's go on a graduation trip **in January / summer**.	1月に／夏に卒業旅行に行こう
In the beginning God created the heaven and the earth.	初めに、神は天地を創造された（聖書の冒頭なんだって！）
Here is the biggest chance **in my life**. 私の人生で最大のチャンスがやってきた	
Fufu, you must **keep** your true weapon **in secret** even from your closest friend.	
I shall be back **in a short time**. すぐ戻るよ	
in these / those days 最近は／あのころは	
I will become a brilliant woman **in a few years**!	数年以内にデキる女になる！ 時間の by との違いに注意！（→ 220 ページ）
I was just **in time** for the class.	授業にギリギリ間に合った
My mother was a beauty **in her day / her prime**.	うちの母は若いころは美人だった
Could you churn well the bowl **in the meantime**?	そのあいだ、ボウルを撹拌しててくれる？
once in a while	ときどき

本当の刃は親しい友達にも見せないものよ

≫ in

in the long run
長い目でみれば

Be careful **in** choos**ing** your partner for life.
一生のパートナーを選ぶときは注意深くなりなさい

> in choosing は when you choose に言い換えられるよ！

中（へ）③ 抽象的なもの
さっきと比べると、下の例文は in の次に抽象的な名詞が来てるよね！

in my opinion
私の意見では

> 最近はネットで、IMAO（in my arrogant opinion：個人的な意見だけど）って言い方も多いんだよ！

be in trouble / good health / bad temper
心配事がある／健康である／機嫌が悪い

I **was involved in** an accident.
私はある事故に巻きこまれた

Rest in peace. (R. I. P.)
安らかに眠れ（人が亡くなった時の決まり文句）

Keep in mind that my size is actually B !
私のサイズは実際は B だから、そこんとこよろしく

In fact, my breasts are actually b, bbbB !

A friend **in need** is a friend indeed.
まさかの（必要なときに助けてくれる）友は真の友（決まり文句）

My colleague will teach **in my place**.
私の同僚がかわりに教鞭をとる

That man is **in my way**.
あの男が邪魔だ

He laughed **in my face**.
彼は面前で私を笑った（馬鹿にした）

参加する
この in も「中に入る」って感じがあるよね。ズバリ、join in の in って覚えちゃっても OK！

join in the club
部活に入る

He **is engaged in** teaching us combat skills.	彼は私たちに戦闘技術を教えること**に従事している**
take part in the plan	その計画**に参加する**
Our teacher **broke / cut in** right in the middle of the conversation.	会話の途中なのにせんせーが**割って入ってきた**

形態・状態
これは、「in 以下の状態で」って意味になるよ。最初の例文なんかは、どういう「形」なのかを in で表してる感じ！

stand **in line**	**一列になって**立つ
men **in black**	**黒服の**男たち
write **in ink / pencil**	**インクで／鉛筆で**書く

この pencil は、具体的な道具としての鉛筆じゃなくて、「鉛筆という形式」みたいな抽象名詞だよ！ 道具だったら with a pencil みたいになるね。

Do it **in this way[manner]**.	**こんな風に**やりなさい
in other words / a word / short	**言い換えれば／一言で言えば／簡潔に言えば**
She ate a lot of raw cabbage to achieve B, but **in vain**.	彼女は B 目指して生キャベツをたくさん食べたが、**無駄だった**
cut the cake **in two / half**	ケーキを**二つに／半分に**切る
The chief director came to our class **in person**.	理事長が**御自ら**教室に来られた
Can we talk **in private**?	ちょっと**2人だけで**話せない？
Let's take watch **in turn(s)**.	**交代で**見張りをしよう

信仰や興味の対象
ちょっと難しそうな見出しにしちゃったけど……これもやっぱり interested in とか believe in の in って覚えちゃうのもアリ！

I'm not **interested in** the size of breasts.	胸の大きさなど**に興味は**ない
Do you **believe in** God?	あなたは神**を信じますか?**
Our teacher **takes pride in** his profession.	せんせーは自分の職業**を誇りに思って**いる
I'm **majoring [specializing] in** American literature.	私はアメリカ文学**を専攻している**
Sometimes people worry that I **am indulged** in sweets.	みんなによくスイーツ**に溺れすぎ**なのではと心配される

» in

This store **deals in** many unusual sweets.	このお店にはかわったお菓子をたくさん売っている

deal with との違いに注意！(→ 55 ページ)

その他の表現
ここは、フレーズごと覚えちゃったほうがラクそうなものを主にまとめましたー。でも大事だからちゃんと覚えよー！

I'm **not** envy **in the least**.	ぜんぜん羨ましいとかないし
We failed **in spite of** all the hard work.	さんざん頑張ったにもかかわらず失敗した
It is fatal to use margarine **in place of** butter.	バターの代わりにマーガリンを使うのは致命的だ
in order to fulfill our teacher's dream	せんせーの夢を叶えるために
I will be **in chrage of** making the giant pudding.	私が巨大プリン制作の指揮を執ります
She set off on a journey **in pursuit [search] of** the legendary sugar.	彼女は伝説の砂糖を求めて旅に出た
A is smaller **in comparison to** B.	BとくらべればAのほうが小さい
The dynamite is not a killer **in itself**.	ダイナマイトは本来は人殺しの道具ではない
in case we don't come back by twelve	もし12時までに私達が戻らなければ
The trilogy will be on air three nights **in a row**.	あの三部作が三夜連続で放映される
The chances are **in favor of** you.	形勢は君に有利だ（⇔ against）
What can you see **in the presence of** death?	死を目の前にして、あなたは何が見える？
The idea was put into practice **in part** because of the disposed eggs.	その計画が実行に移されたのは、一つには廃棄卵のおかげだ
in addition to the fact	この事実にくわえて
I named our teacher **in relation to** his inassassinability.	私は彼の暗殺不可能性に関連して名前をつけた
In terms of sweets, I am the Oyakata!	スイーツに関していえば、私が親方だ！

Pudding becomes unstable **in proportion to** it's size.	プリンは大きさに比例して不安定になる
She **lacks in** curves.	彼女は曲線に欠ける
My assassination plan **resulted in** a pudding party.	私の暗殺計画は、結局プリン会ということになった

result from とは違うよ。辞書を引いてみよう！

Let's **give in**. 　　　　降伏しよう

in brief = **in a word**
　要するに

in danger
　危険に陥る

in demand
　需要がある

in detail
　詳細にわたって

in effect
　事実上、要するに

in fact
　実際は

in practice
　実際は

in particular
　とりわけ

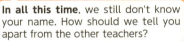

In all this time, we still don't know your name. How should we tell you apart from the other teachers?

in return	お返しに
in no time	あっという間に
in the future	将来に
in all	全部で
in a hurry	急いで
in a sense	ある意味で
in advance	前もって

基礎単語 16

into

みなさん、こんにちは！ intoを担当する、奥田です。よろしくお願いします！

intoには**in**と**to**、**ふたつの前置詞**が入っていますよね。そのふたつの意味を兼ね備えているのがintoなんです。とは言っても、そんなに難しくなるわけじゃないんですよ。inの「**中**」、toの「**到着**」という二つの意味をあわせて、into Aは「**Aの中へ入る**」という意味になるんです。

注意したほうが良いのは、「**移動**」していないと**intoは使えない**ということです。つまり、「**教室に入って行く**」時は使えても、「**教室にいる**」時には使えないんですね。

担当：E-5
奥田愛美（おくだまなみ）

中へ
どれも、何らかの「動き」をともなっているという点に注意して下さいね！

walk into the classroom	教室の**中へ**（歩いて）**入る**
pour the poison **into** the cup	カップに毒を**注ぐ**
The train **pulled into** the station.	列車が駅に**到着した**
Tuck your shirt **into** your trousers.	シャツの裾をズボンに**しまいなさい**

変化
これはとても大事な意味です。into Aの「A」が、部屋などの「空間」ではなく、「状態」だったりすることが多いんです。

He **changed into** a monster through the experience.	その経験を通して彼は**モンスターと化した**

「経験する」という意味の through もここで覚えておきましょう！

grow into an able assassin	有能な暗殺者**へと成長する**
translate from Japanese **into** English	日本語を英語**に訳す**

turn the stream **into** a swimming pool
小川をプールに作りかえる

Chemistry is about **transforming** a substance **into** another.
化学は、ある物質を他の物質に変化させることにかかわる

Do you know when our school **came into being**?
うちの学校がいつ設立されたか知っている?

burst into tears
わっと泣き出す

I decided that I will tell him that I want to **go into** science. I hope I can also get him to drink this toxic cola too.

ついでに言葉巧みにこの毒コーラ盛れたらいいな

私はやっぱり研究の道に進みたいって言ってきます

その他
ここにまとめたものも、重要な表現が多いんです! 何度も復習して覚えてしまって下さいね!

- **look into** the case thoroughly 　事件を徹底的に調査する
- **run into** my ex-girlfriend 　元カノにばったり会う
- **take into account** her complicated situation 　彼女の複雑な事情を考慮にいれる
- **talk** him **into** tak**ing** part of the scheme 　説得して陰謀に加担させる

この into の対義語は **out of** です! (→ 100 ページ)

Don't **poke** your **nose into** everything!	なんでもかんでも首を突っこむな
I **came into contact with** him in this class.	私はこの教室で彼と知り合いになった
study late **into the night** for the exam	試験に向けて夜遅くまで勉強する

基礎単語 17

out

よう、outの解説は俺の担当だぜ。ちゃんと調べてきたから心配すんな。

outの基本イメージはズバリ「**外**」だ。go out for a walkで散歩に「**出かける**」って意味だな。こんぐらい余裕だろ。

で、「家の外に」出た奴は、「**中**」の奴から見れば「**いなくなる**」けど、「**外**」の奴から見れば「**出てきた**」ことになんだろ。だから「**出現**」と「**消滅**」の両方の意味があるっつーわけだ。

あとは「**完了**」って意味も大事だけど、これはあとで説明するぜ。

担当：E-16
てらさかりょうま
寺坂竜馬

外（へ）

「部屋」とかだけじゃなくて、3つめの例文とかは何かの「状態」から「外れる」って感じだぞ。

Get out!	でていけ！
Our teacher **is out**.	せんせーは外出中だ
The elevator is **out of order**.	エレベーターは故障中だ
His tentacles are **out of control** [**hand**].	あいつの触手は手に負えない
He sings **out of** (⇔ **in**) tune	彼は音痴だ（正しい音程から外れる）
Out of sight, **out of mind**.	去るもの日々に疎し（ことわざ）
I abused his trust **out of** greed for the money.	私は金欲しさから彼の信頼を悪用した

この out of は from や because of と同じ意味だぞ

Success without cooperation is **out of the question**.	協力なしの成功なんて問題外（ありえない）
a crowd **out** in the street	表に出ているひとたち

出現

外の人から見たパターンな。「出る」「現れる」「見えるようになる」とかそんな感じよ。

The sun **came out**.	太陽が出た

The war **broke out** between the two countries.	二国間で戦争が**勃発した**
let out a secret	秘密を**漏らす**
Speak out!	**思い切って／ちゃんと言えよ**!
The second book **is** finally **out**.	その本の第二弾がついに**出版された**

> The book is **out of stock**.
> で「売り切れ」って意味だぜ！

🎤 The appearance of the hooded man was **out of the blue**.	あのフード野郎の出現は**まったく思いがけな**かった

暗殺の計画進めようぜ

ちょっと来い

Come out with me. Let's talk about the plan.

出す

「出現」は「出てくる」っつーことだけど、こっちは誰かが「出す」って意味だな。

We **found out** his crucial weakness.	俺たちはあいつの決定的な弱点を**発見した**
I can't **make it out**.	私はそれを**理解できない**
I don't have any plan to **carry out**.	**実行すべきプラン**なんて何もない
I **turned out** to be wrong.	俺は間違っていたということが**判明した**
We can **work it out**.	**なんとかうまくやれるよ**
pick out the best student	最適な生徒を**選び出す**

» out

除外・除去
こっからは中の人から見て「いなくなった」パターンに近づいてくるぞ。全部じゃねーけどな。

I feel **left out** in this class.	クラスからのけ者にされている気がする
clear out the floor	床を綺麗にする／ものをどかす
We should **talk** him **out of** buying that.	あれを買わせないように彼を説得しないといけない

> この out of の対義語は、into だ！（→ 97 ページ）

You can't **back out** now!	いまさら手を引くなんて困るぜ！
nine people **out of** ten	10人のうち9人
His tentacles are **out of date** / **fashion**.	彼の触手は旧式（時代遅れ）だ

消滅
これは完全に「いなくなる」パターンだけど、ちょい抽象的な表現も混ざってんな。

put / **blow out** the candle	ろうそくを消す／吹き消す
We **ran out of** bullets.	弾丸を使いきってしまった
His tentacle nearly **knocked** me **out**.	あいつの触手で気絶しかけた
get out of breath	息を切らす
We **ran out of** ways to cheer him up.	もうあいつを励ます手段は使いきっちまった
We all **dropped out** from the royal road.	俺たちはみんな王道からドロップアウトした奴だ
Normal jerseys will soon **wear out**.	普通のジャージはすぐ擦り切れちまう

完了
これが一番覚えにくいな。「最初から最後まで」って感じなんだけど、たまにはどろ臭く例文ごと暗記すんのもいいぜ。

His pride will not **hold out** much longer.	彼のプライドはそう長く保たない
Please **hear** me **out**.	最後まで聞いてくれよ

I'm completely **tired out**.	もう完全に疲れ果てた
before the week **is out**	一週間が経ってしまうまえに

手を伸ばす 俺はこのイメージはつかみやすかったけど、ちょっと「外」とも違うよな。まぁ二つだけだし暗記すんのも余裕だろ。

reach out for help	助けを求めて手を伸ばす
hand out the booklet	しおりを配布する

You **go out** and do stupid stuff like we did today. That's what we're here for.

その他の表現 まとめちまったけど、全部それなりに重要だから暗記しとけよ。暗記ナメてっと足元すくわれるぜ。

look out (for A)	（Aに）気をつける、世話をする
rule out A	Aを除外する、Aに線を引いて消す
point out A	Aを指摘する
single out A	Aを選出する
pass out	気絶する
watch out	警戒する
stand [**stick**] **out**	目立つ

基礎単語 18

away

awayの時間を担当するぜ。まず基本のイメージは「**離れる**」ってことだな。away from Aで、「Aから離れる」。これが基本だ。対義語は思いつくか？これ、towardなんだって。ちょっとムズいよな。
えーと、右の見出しを見ればわかると思うけど、awayは意外に意味の幅が広いんだ。特に最後のとかはちょっと難しいよな。
「**離れる**」から「**見えなく**」なって「**消える**」っていう流れはイメージしといたほうがいいな。

担当：E-12
菅谷 創介

離れる

away の「離れる」は、ちょっと離れるっていうよりも、わりと遠くに離れるってイメージが強いみたいだぜ。

- He **went away** to his atelier.　彼はアトリエへ（出て）行った
- At that time, we could not (help) but **run away**.　その時、ぼくらは逃げるしかなかった
- The family **moved away**.　その家族は引っ越してしまった
- These tattoos **come away** easily.　このタトゥーは簡単に落とせる
- Long, long ago, **far, far away**　むかしむかし、あるところに（はるか遠くで）
- He's **away** at school.　いま学校に行ってて（家に）いないわ

避ける

まぁ「離れる」とかなり似てるけど、物理的な距離よりも、精神的な距離が離れたって感じがするな。

- People **stay [keep] away from** class E.　みんなE組を避ける
- I'd like to **keep** my son **away from** such a suspicious teacher.　そんな怪しい先生に息子を近づけたくない
- He **looked away from** the terrible drawing.　彼はそのひどい画から目を背けた

殺せんせーの弱点が安い絵に描けない

逃げに走るくらいなら描くな!!

消える

「離れてって消える」だから、「消滅」じゃなくて、「徐々に消えていく」って感じだぜ。

- The morning star **fades away** as the sun rises.
  明けの明星は太陽が昇るとともに見えなくなる

- The deafening firing sounds eventually **died away**.
  けたたましい銃声もやがておさまった

- My grandmother **passed away** last week.
  私の祖母は先週亡くなった

- I didn't want to unleash the powers of my left arm, which were **locked away** by the Gods.

しまう

こっちは「消える」というよりは「消す」で、「見えないところに保管する」って感じかなぁ。

- **hide** our tank **away** from the targets
  ターゲットから戦車を隠しておく

- **Put away** your machine-guns now, class starts.
  マシンガンをしまいなさい、授業ですよ

処理

「処理」って分類もなぁ、と思ったんだけど、最初の do away with は絶対覚えようぜ。

- Let's **do away with** old customs.
  古い慣習はナシでいこう

- **Throw away** your television, read comics.
  テレビを捨てよ、マンガを読もう

継続

これはムズいけど面白い。「ためらわず」「どんどん」ってニュアンスがあるんだと。覚えて損はないと思うぜ。

- He's **working away at** his painting.
  彼は絵を描き続けている

- If you have any questions, **fire away**.
  質問があったら、どんどんどうぞ

- Don't **study** your life **away**.
  勉強ばかりで人生を終えるな

- **dance away** the night
  夜を踊り明かす

- **Right away**!
  いますぐに（やりなさい／やります）！

3-E レポート

一般的な熟語はここでバッチリマスター！

基本的な熟語②

ヌルフフフフ、基本の熟語の2回目です。ここで取り上げる熟語も非常に大事なものですよ。ぜひ辞書も引いてみてください。

熟語	日本語訳
enjoy oneself	楽しむ
every now and then	ときどき
every other day	1日おきに
every time ...	...するたびに（＝whenever）
fail to do	do できない／do しそこなう
fall short of A	Aに達さない
find one's way to A	Aにたどり着く
find oneself 〜	気が付くと自分が〜になっている
first of all	まず第一に
Generally speaking,	一般的に言えば、
Strictly speaking,	厳密に言えば、
Frankly speaking,	率直に言えば、
graduate from A	Aを卒業する
hardly A when B	Aが起こるや否やBが起こる
hardly A before B	Aが起こるや否やBが起こる
no sooner A than B	Aが起こるやいなやBが怒る
give away A	Aをただでやる、Aを配る、A（秘密）を漏らす
give birth to A	Aを生む

熟語	日本語訳
give in	屈する（=surrender）
give off A	Aを発する
give [lend] one a hand	手を貸す
give one's regards to 人	人によろしくと伝える
give out (A)	Aを配る／尽きる
give rise to A	Aを引き起こす
give up A	Aを諦める
give way to A	Aに屈する
have A in mind	Aのことを考えている
Have a good time!	楽しんで！
have a look (at A)	(Aを)ちらっと見る
have a sweet tooth	甘いものに目がない
have an eye for A	Aを見極める能力がある
have an influence on A	Aに対して影響力がある
have difficulty in doing	doするのが困難である／苦労しながらAする
have A in common (with B)	(Bと)共通するAを持っている
have no idea	全然わからない
have something to do with A	Aと何かしらの関係がある
have nothing to do with A	Aと全く関係がない
have the better of A	Aに勝つ
have yet to do	まだこれからdoしないといけない
having said that	とは言ったけど
hold one's breath	息をひそめる
hold the line	電話を切らずに待つ
hold true	有効である
hold up A	Aを持ち上げる／Aを遅らせる／Aに強盗に入る
if any	(ないと思うが)もしあったとしても
if only …	…でありさえすれば
It follows that …	(以上より、)…ということになる

3-E レポート

「殺たん」名物講座!? 実際にやってみる!?
続 メイド喫茶で 英会話

発表者・竹林孝太郎、寺坂竜馬

前作に引き続き、メイド喫茶で使える英会話の講座です。今回は僕の成功例を元に、メイドさんと仲良くなれる英語を紹介しましょう。

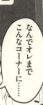

なんでオレまでこんなコーナーに……

メイド喫茶で楽しむための英会話①
メイドからの質問に華麗に答える

ご主人様、私っていくつに見えますか？
Master, how old do you think I am?

キュートなキミは、
猫でいえば3歳くらいかな
Judging from your cute looks,
let me guess at around 3 in cat years.

ご主人様はおいくつなんですか？ 私より年下かな……？
How old are you, master? Younger than me, perhaps?

私の年齢は秘密だよ。
ばれると魔法が解けてしまうからね
My age is a secret.
Or else, my spell will be broken.

なんだこの"うまい事言った"みたいなセリフは……

メイド喫茶で楽しむための英会話②
メイドを華麗に褒める

ここのメイド服はかわいいね
The maid dress at this café is very cute.

ありがとうございます！
どのあたりが好みですか？
Thank you for your compliment!
What do you like about it?

説明がキモすぎて引かれるわ!!

シンプルながらも上品なシルエット。首もとのリボンがアクセントになっていて、キュートさを演出しているね。名作メイドアニメ『メイド姫ツンデレラ』のコスチュームを彷彿とさせる素晴らしいできばえだ

The simple yet elegant silhouette. The ribbon at the neck emphasizes the cuteness. It reminds me of the costume from the classic maid anime, "Maid Princess Tsunderella."

メイド喫茶での禁止行為

ダメ!! 絶対!!

お触り = physical contact

お！このメイドさんかわいいじゃん
Hey, this maid is pretty cute.

な〜オレに特別なご奉仕してくんない？
Heyyy, can't you give me some special service?

ご主人様といってもメイドに何をしても良い訳ではないのです 寺坂も気をつけるように

当店はメイドへの接触は禁止行為となっております。
My apologies, but to make physical contact to maids is prohibited.

オレはメイドには優しい……って行ったことねぇよ!!

メイド喫茶で楽しむための英会話③
メイドを華麗に誘う

ところでどうかな、そろそろ私と店外散歩など
By the way, how would you care for a stroll outside with me?

え〜でもまだご主人様の事、あんまりよく知らないし……
Well, I still really don't know about you much, my master. . . .

これから知ればいいじゃないか。
そうだ、ご褒美を上げよう。
おい！ラブリーカップルジュースを注文だ!!
No matter, you shall know me in time.
Here, let me give you a reward. Excuse me!
A Lovely Couple Juice for the two of us!

ただ買いでるだけじゃね〜か……

① 「ヌルビッチカフェ」!? なんかエロそうなメイド喫茶じゃね〜か
② いらっしゃ〜い！って学生!? ボクたちお金払えるの？
③ お客様、入会金を今すぐお支払い下さい
④ え!? いや、あの……ただトイレを借りに……

第4章
誇れる暗殺の時間

殺る気の出る格言

The roots of education are bitter, but the fruit is sweet.
―― 教育の根は苦いが、
　　　　その果実は甘い。

Aristotle
アリストテレス

勉強している間はつらく苦しいかもしれませんがその先には素晴らしい未来が待っていますよということです

紀元前にも目の前の苦しさからすぐに逃げ出す人がいたんでしょうねぇ

4. 誇れる暗殺の時間

"ここが俺の家。遠慮なく上がってくれ"

放課後、磯貝はプイを自宅に連れてきた。

殺せんせーが、生徒達に「どなたかプイ君をホームステイさせてくれる人、いませんか」と尋ねたところ、真っ先に手を挙げたのが磯貝だった。

「面倒見のいい磯貝君は適任ですねぇ。よく理解し合うことは暗殺のプラスになります」

殺せんせーも磯貝の申し出を喜んだ。

磯貝が玄関を開けると、小学校低学年のくらいの子が二人、待ち構えていた。

「兄ちゃん、おかえり!」

「おっかえりー」

磯貝は弟と妹の頭を撫でた。

「ただいま。母さんは?」

「いま寝てるー」

「そっか。じゃあ静かにして起こさないようにな」
「うん!」
　磯貝は玄関で靴を脱いで、プイに見せた。
"靴を脱いで上がって"
　磯貝の手本を見てから、プイは恐る恐る家に上がった。

　今日の磯貝家の晩ご飯は、鍋だ。プイが裏山で捕まえた野兎をさばき、磯貝が河原で摘んだ野草を使った。野兎の肉を野生のシソとみょうがで下ごしらえしてから、磯貝家伝来のタレで味つけした。できた鍋をみんなで囲んだ。磯貝は初めて食べる野兎鍋の味に感心する。
"野兎ってこんなにうまいのか!　プイのおかげで新しい食材がラインナップに加わったよ"
　プイは磯貝に感謝されると、満足げな表情で兎の肉を頬張った。
　寝る時間になり、磯貝はちゃぶ台を片づけ、押し入れから布団を引っ張り出した。一枚の敷布団に弟と妹を寝かせて、もう一枚敷布団を敷くと部屋が布団で一杯になった。

"ここで寝てよ。狭いけど、我慢してくれよ"

　プイは磯貝に勧められるまま、布団に入った。

"イソガイ、お前はどこで寝るんだ?"

"俺は玄関で寝るよ"

　磯貝は笑顔で玄関を指さして、行こうとする。

"ダメだ。イソガイが玄関に寝るのはダメだ"

"気にするなって。俺は玄関でも平気で寝られる"

　だが、プイは首を振って言うことを聞かない。

"イソガイが玄関に寝てたら、プイ、寝られない。プイと一緒に寝ろ"

"え?"

"プイ、いつも弟や妹と一緒のベッドで寝ている。気にするな"

　プイは磯貝の腕をつかむと、布団に引っ張った。その強引さに負けて、磯貝は仕方なくプイと同じ布団に入った。

　磯貝の弟と妹はあっという間に寝息を立て始めた。磯貝は同年代ながら本物の殺し屋であるプイと同じ布団に入っていて、緊張して眠気がこない。

　——殺し屋だろうがなんだろうが、プイは俺と同じ年頃の、同じ人間じゃないか。何ビビってるんだ、俺——

　磯貝は心の中にある壁を壊そうと、自分に言い聞かせた。

ふと、プイが口を開く。
"イソガイ。プイには一人の弟と二人の妹がいる"
"うちより多いのか。弟たちは手がかかるよな"
"弟は9歳だ。家ではプイより役に立つ。弟たちを守りたい……"
　プイは急に話をそこでやめてしまった。
"プイ？　どうしたんだよ"
　磯貝の問いかけに答えず、プイは横を向いてそのまま黙った。
　プイの沈黙に磯貝は感じるところがあったものの、まだプイとの距離を詰めきれず、それ以上突っこんだことは聞けない。
——俺、でしゃばり過ぎたかな。でも、あと一言だけ——
　磯貝はもう一度声をかけた。
"困ってることがあったら、いつでも言ってくれ。E組の仲間と先生達はけっこう頼りになるんだぜ"
　プイの背中にそう呼びかけると、磯貝は目をつむって眠りに就いた。

翌朝、E組の教室では授業前から人だかりができていた。教壇の上で、プイが得意の芸を見せていたのだ。キャラメルの空き箱を3つ用意し、その内の一つの裏に印をつける。プイが箱をシャッフルして、見物している者が印のついた当たりの箱を当てれば勝ち、というゲームなのだが、プイの箱さばきが見事でなかなか当たらない。寺坂がプイのカモになって何度も外していた。
「ちっくしょう、絶対真ん中だったのに……！　お前、箱に何か仕掛けてるんだろ。見せろ!」
　寺坂はプイから箱を奪って、裏返したり指で叩いたりして仕掛けを暴こうとする。そんな寺坂のことを村松がキシシシと笑った。
「そんな単純な手に引っかかって逆ギレするバカは、寺坂だけだ」
　イトナにもバカにされて、寺坂は悔しそうな表情で怒鳴った。
「ンだったら、お前らもやってみろよ！　ひとのことバカにしやがって」
「いいだろう。手本をみせてやる」
　寺坂に代わってイトナが教壇の上をじっと見つめた。プイはニヤリとして箱を置くと、次々と位置を変えていく。

まるで腕が三本も四本もあると錯覚するような不思議な動きだ。イトナは目が充血するくらいその動きを見つめ、プイがコールを出すと即座に左の箱を指す。箱を触ろうとするプイを"待て"と止めた。

"俺がこいつをひっくり返す。OK？"

"好きにしろ"

　プイは両手を挙げてイトナの言う通りにした。イトナが左の箱を開けると、印はなかった。

「ダセェ、テメーも他人のこと笑えねぇな!」

「……これは何かの間違いだ。次は必ず当ててやる」

　プイは寺坂とイトナに白い歯を見せた。

「騒がしいですねぇ。そろそろ授業の時間ですよ」

　教室に入ってきた殺せんせーは、プイが寺坂やイトナと遊んでいるのにニンマリした。

"プイ君、それ、ひとつ先生もやってみていいですか？"

"ああ"

　プイは箱を軽くシャッフルしてから印のついている箱を見せると、また混ぜてどれがどれだかわからなくする。

"これ、日本以外のどの国でもよくある路上のギャンブルですね。なかなか手慣れたさばき方ですねぇ。しかし、マ

ッハ20の超生物の目はごまかせませんよ"

　プイが手を止めると、箱が三つ横に並んだ。

"当たりを選んで"

　殺せんせーは迷わず真ん中の箱を選んだ。プイがその箱を裏返すと、印はない。

「にゅやッ!?」

　プイは平然とした顔で、また箱のシャッフルを始める。

"見間違えましたかねぇ……そんなはずはないんですが。もう一度お願いします"

　プイは三つの箱を裏返して印つきのものが一つだけあることを見せると、また箱を混ぜ始めた。

"今度は間違えません。はっきりと印つきの箱が見えますよ"

　プイが手を止めた瞬間、"これです!"と左の箱を触手で押さえた。

"先生が裏返しますよ?"

"どうぞ"

　プイは箱から手を離した。殺せんせーが慎重に裏返した箱には、やはり印がない。

「にゅや――ッ!」

　教室から笑いが起きた。

「そ、そんなはずは……」

　殺せんせーは三つの箱を穴が開くほど見つめる。その時、教室の後ろからナイフが飛んできた。殺せんせーは間一髪でナイフをかわし、ハァ、ハァと息を荒げた。

「だ、誰です!?　いま先生、取りこみ中なんです!」

「あれれ〜、今ずいぶん反応遅れたね。ギャンブルに夢中になると反応速度落ちるんだぁ」

「カ、カルマ君ですか!　まったくもう……」

　我に返った殺せんせーはネクタイを直すと、プイに向かった。

"プイ君、技術はすばらしいですが、あんまりギャンブルにハマっちゃいけませんよ。ギャンブルで人生を狂わせる人はどの国にもいますから"

"わかったよ、殺せんせー。気をつける"

　プイはおじぎをするふりをして、教壇に隠してあったナイフで殺せんせーを突いた。一突き目がかわされて空振りになっても、さらにナイフを横に払って攻撃を続ける。そのまま殺せんせーをドアまで追い詰めたはずだったが、次の瞬間には殺せんせーは教壇に戻っていた。プイは無力感に襲われて、ひざに手を当てた。

"なかなかいい攻撃ですねぇ。この二日で君は確実に進歩

しました。でも、まだ花丸には足りません。もっともっと刃を磨きましょう"

　殺せんせーはナイフを軽くかわすと顔に二重丸を浮かべた。プイは先ほどまでとは打って変わった、憎しみのこもった眼で殺せんせーを睨みつけている。渚はそんなプイの様子が気になった。

　──プイのあの執念はどこから来てるんだろう。プロとしての責任感だけで、あんなに執念深くなれるのかな……──

　渚は疑問に思いながら、授業のノートを開いた。

　授業が終わると、立たされていたプイは椅子に座った。授業中、何度も暗殺を仕掛けていたプイは、ついに殺せんせーから立って授業を受けるよう命じられてしまったのだ。不機嫌そうに唇を突き出しているプイに対して、カルマがにこやかに声をかけた。
"いい加減理解したらぁ？　暗殺で授業の邪魔しないってのが、この教室のルールなんだよ。あのタコの暗殺に懸かってる300億円がほしいなら、従っといた方がいいと思うよ〜"

"……300億!?　100億じゃないのか?"

"集団で暗殺成功したら300億だよ。俺達が足を引っ張り合わず、協力して暗殺に取り組むためにね"

"なるほど……じゃあ、プイ、お前たちと協力して損はないか"

"そういうこと"

　カルマとプイが話しているところに渚がやってきた。

"殺せんせーの弱点、教えとくね。僕らが一緒に過ごしていて気づいたことなんだ"

"ぜひ教えてくれ"

　渚はリングメモを繰った。

"まずね、殺せんせーは慌てるとスピードが鈍るんだ。カッコつけるとボロが出るし、テンパるのも意外に早いよ。あと、巨乳に弱いから、デレデレしてる時は狙い目なんだ"

"……男なら誰でも巨乳に弱い"

　岡島とイトナがすかさず親指を上げて、プイの意見に賛同する。

「そこだけ反応する!?」

　渚は二人の反応に思わずツッコミを入れた。前の席に座る千葉が振り返って話しかける。

"な、協力して殺る方がこうして情報も入ってくるし、お互い得だろ？"

"そうだな、チバ"

　プイは納得した顔でうなずく。

"あ、そうだ。これ重要だけど、自爆攻撃はダメだよ。僕、最初にそれやって思いっ切り怒られたんだ"

"ナギサ、どんなことを殺った？"

"自分の首にオモチャの手榴弾つけて、対先生弾を飛び散らせたんだけど、脱皮した膜を被せられて失敗したんだ"

　プイはびっくりしてあんぐり口を開けた。

"殺せんせーは脱皮するのか!?"

"うん、月イチで使える奥の手なんだ。脱皮後はスピードが落ちるから、それも狙い目だけど"

　プイの目がキラリと光る。

"脱皮、とても重要な情報だ。けれど、なぜ自爆攻撃はダメだ？　殺せればそれでいい"

　渚はプイの疑問ももっともだと思った。でも、この点こそが、殺せんせーが殺せんせーである理由なんだ、と渚は直感していた。

"最初に殺せんせーは言ったよ。'人に笑顔で胸を張れる

"暗殺をしましょう'って。わけわかんないかもしれないけど、この教室じゃそれが大前提なんだ"

"胸を張れる暗殺……？ プイはいつも胸を張って暗殺をしている。家族のために、殺っている"

プイはそう言い放つと、黙ってしまった。

——気分悪くしちゃったかな——

渚はプイのことを怒らせてしまったのか、気になった。

「放っとけよ、渚君」

カルマにそう言われて、渚はプイからそっと離れた。プイは怒っていたのではなく、渚から聞いた言葉を何度も繰り替えして自問した。

——今度の暗殺、俺は胸を張ってできるのか？——

「プイ、英語の上達早いよなぁ」

「やっぱり、暗殺で一人前のプロとしてやってる奴は、集中力が違うな」

英語の授業が終わり、千葉と菅谷が感心していると、

"ねぇねぇ、プイ"

中村がプイの席にやってきた。うずうずした様子でプ

イの顔を覗きこむ。

"殺し屋としていままでたくさん仕事してきたんだよね？"

"ああ"

"殺す時にさ、決めゼリフとかある？"

"決めゼリフ……？"

"ターゲットの死に際に聞かせる、いつもお決まりの言葉とか。本物の殺し屋ってどんな感じなのか、知りたくってさ"

中村に意外なことを質問されて、プイは答えに詰まった。すると横から速水(はやみ)が口を挟んだ。

「リアルの殺し屋は、漫画とか映画みたいなこと言わないんじゃない？」

「そっかな。殺し屋ってそれぞれこだわりがあるっていうからさ、決めゼリフがある人もいるかな、と思っただけ。例えばさあ、"恨むなら依頼人を恨みな"とか言うのかなーって思って」

千葉も身を乗り出してその話題に乗ってくる。

「ドラマだと'お願いだから死んでくれ''死ぬ理由を教えてやろう。お前はしゃべりすぎた'とかあったな」

「仕事に集中しているからそんな余裕ないんじゃないかな。言ったとしても'すまないね'とか'プレゼントを渡すよう頼まれた'とか、そんな素っ気ない言葉なんじゃないかな」

速水はあくまでリアル路線で考えている。
「速水ちゃんに言われると説得力あるわー。誰よりも仕事人気質だし」
　　中村はうんうんうなずく。
　　プイはいろいろ考えた後、中村に返答した。
"決まった言葉は…………特にない。合掌して、殺す。それだけだ"
"無言で仕事をする寡黙な仕事人か。それもストイックでカッコいいな〜"
　　中村にカッコいいと言われて、プイは無愛想な表情でうつむいた。
"なあ、プイのナイフ、見せてくれる?"
"いいよ"
　　千葉に頼まれたプイは、ベルトに提げている入れものから竹のナイフを取り出した。千葉はナイフをひっくり返したり触ったりして、じっくり確かめる。
「すげぇ切れ味良さそうだ」
"あんまり触るな。ケガするぞ。普通のナイフより切れる"
"マジか。手入れを怠らないんだろなぁ"
　　千葉は慎重に取り扱ってナイフをプイに戻した。

"ねぇねぇ、プイは誰に殺し屋の技術を教わったの？ 誰か先生がいたんだよね？"

"半分は自分で工夫した。半分は師匠に教わった。プイの村の出身で、いろんな武術の使い手だった。師匠の得意技は、ヒジ打ちで相手の頭を割ることと、枝を使って人を串刺しにすることだ"

"枝で串刺し……"

"師匠は必ず武器を自分で作ってた。身の回りにある木の枝、実、石はみんな武器になるし、人を殺せる。そこら辺の草だって、ナイフになって喉を切り裂ける。師匠の技で一番すごかったのは、小石を指で弾いて飛ばし、銃のように撃ち殺す技だ"

"マジか……ありえねぇ"

"信じないのか。やってみせようか？"

プイがすごんでみせた後、"冗談だよ"と笑った。

"お、脅かすなよ"

千葉が冷や汗をかいた。

"でもさ、その歳で殺し屋っていままで相当いろんなことあったんだろ？ どうして殺し屋になったんだ？"

"それしか生きる方法がなかった。村が国境に近い。戦

争がしょっちゅう起きた。親父が地雷を踏んでケガした。畑が焼かれた"

　プイの話す壮絶な身の上話に、いつの間にか教室が静かになった。

"学校はちょっとしか行ったことない。戦争に巻きこまれて死んだ友達、何人もいる。自分の国の兵士に撃たれた友達もいる。プイ、身を守るために師匠からたくさん教わった。勉強に武術、英語も教わって、必要な時は兵士を殺すようになった。竹槍やナイフ、罠で殺した。それが仕事になった。プイ、家族を養うため、仕事を続けた。でも今回の仕事は違う"

　プイはポケットから一枚の写真を取り出した。大人の男女一組と子供三人が縛られて拘束され、サングラスをかけて黒スーツを着た男と二の腕にサソリのタトゥーを入れた男に銃を突きつけられていた。

"これ、プイの家族。あいつらに脅されている。プイ、標的を殺して100億稼がないと、家族が殺される"

　E組の生徒達が一瞬凍りついた。磯貝はそれを聞いて頭が真っ白になった。

"期限は3日後だ"

「早く言ってよ!」

　渚は思わず日本語で突っこむと、写真を持って職員室に駆けこんだ。「B級グルメ全国制覇ガイド」をパラパラ読んでいた殺せんせーが顔を上げた。
「おや、渚君。他のみんなも、いったいどうしたんです?」
「殺せんせー、なんとかして!　殺せんせーの責任だよ」
「な、なにがなんだかさっぱりわかりません。一から説明をしてください」
「ほら、これ見て。この写真、プイの家族だって。3日以内に殺せんせーを暗殺しないと、殺されちゃうんだって」

　殺せんせーは写真を見て冷や汗を浮かべた。しばらく見入った後、写真を机に置いて窓の外を向いた。
「プイ君は殺し屋です。冷たい言い方になりますが、殺しを稼業にしている以上、そういった危険はつきものです」
「そんな……!　ひどいよ、見捨てるの!?　せめてチャンスくらいあげたっていいんじゃない?　僕達と一緒に勉強して、この二日であんなに英語上達したんだから」

　渚が粘り強く訴えた。
「……たしかに先生は言いました。君達と一緒に学んで一緒に暗殺をしなさい、と。いままでも刃を磨いた生徒には

暗殺のチャンスを与えてきたわけですから、プイ君にもチャンスをあげないと不公平ですね」
「だよね!?」
「では、ちゃんと刃を磨いたかどうか、テストしましょう。英語の上達度をはかるテストを出します。そのテストで合格ラインに達したら、暗殺のチャンスを与えます。約束しましょう」

渚はぱっと笑顔になった。
「約束だからね!」

渚達は急いで教室に戻っていく。殺せんせーは、机に残されたプイの家族の写真を再び見つめた。
「家族を人質にですか……。困った人達もいるもんですねぇ」

放課後、プイはひとり教室に居残って殺せんせーのテストを受けた。プイに同情してズルしないよう、他の生徒達は教室から出され、殺せんせーがマンツーマンで試験監督をした。E組の生徒達はテストの結果が気になって、校舎の周りになんとなく居残って、静かに結果を待った。
「プイ、いけるかな……?」

心配になって、渚は磯貝に尋ねた。

「短時間であれだけ上達したんだ。きっと結果はついてくるさ」

　——昨日の夜、もっとちゃんとプイの話を聞いておけばよかった。がんばってくれ——

　プイの告白を聞いた時の衝撃を思い出しながら、祈るような気持ちで磯貝は待ち続けた。

「そろそろ、時間じゃね？」

　杉野(すぎの)はじっとしていられなくて、ストレッチ運動をしながら時計を頻繁に確認した。ガラッと教室の窓が開き、殺せんせーが顔を出した。

「テストは終わりました。採点結果を発表するので、聞きたい人は中へどうぞ」

　校庭に散らばっていた生徒達が校舎へと駆けこんだ。

"プイ君、こちらに来てください。テストを返します"

　殺せんせーに呼ばれたプイは、気の毒なほど緊張して教室の前へ歩いていった。指先が震えている。殺せんせーは採点済みの答案用紙をプイに渡した。

"95点です。素晴らしい。合格ラインは90点でしたので、

楽々クリアです"

「よっしゃ!」

　E組生徒達が喜びに沸いた。しかし、プイ本人は少し表情を緩めただけで、喜びは見せなかった。

「殺せんせー、約束通りチャンスをあげるんだよね?」

「ええ、もちろんです。約束ですから」

「どんなチャンスなの?」

「もう、用意してあります。ほら」

　殺せんせーは麻縄を取り出した。

「これで体を縛って、木にくくりつけますので……」

　E組生徒たちから一斉にブーイングがあがった。

「にゅやッ!?」

「なんだよ!　それ全然ハンデになんなかったぞ!?」

「そんなのずるーい!　もっと大きなチャンスあげなきゃダメじゃん」

「逃げんなタコ!」

　磯貝や中村、寺坂などがガンガン文句をぶつける。殺せんせーはふむふむとうなずいた。

"プイ君、E組のみんなは、君にビッグチャンスを与えるべきだと言ってます。君はビッグチャンスに賭ける覚悟があ

りますか?"

"もちろん"

　プイは即答した。

"よろしい、それではビッグチャンスにふさわしい場所に移動しましょう。プイ君を応援した人達にも手伝ってもらいますよ"

　殺せんせーはどこからか大きなボストンバッグを持ってくる。生徒達があっけに取られているうちに、プイとE組生徒数人をあっという間にボストンバッグに詰めると、空へ飛び立ってしまった。

「消えた!?」

　残された生徒達は、辺りをキョロキョロ見回した。

to be continued...

基礎単語 19

as

やあ、asの担当は僕だ。asは2文字のくせに手強いから注意したほうがいいね。

asの何が手強いかというと、文法問題に絡んでくるところだ。文法には「**比較**」という単元があるんだが、この「比較」という機能がasの一番基本的なところだね。「**同じくらい**」という感じさ。

もうひとつ重要なのは「**～として**」という意味だね。たとえばtreat him as a child「彼を子供**のように**扱う」みたいな使い方をする。

そして慣用表現みたいなものも発達していて数が多いんだ。まぁ頑張っていこう。

担当：E-14
竹林孝太郎（たけばやしこうたろう）

同じくらい

ひとつめの例文は、暗記してしまったほうがいいだろうね。カッコの中はあってもなくてもOK。文法問題でも必修の範囲だ。

● He is **as** tall **as** I (am).　彼は僕と**同じくらい**背が高い

Maid cafés are **not so** bad **as** you might think.　メイドカフェは君が思う**ほど悪いところじゃない**

上の2文を比較してみるといい。**否定文や疑問文では、形容詞の前のasがこのようにsoになるのが正式**なんだ。でも、現代の口語ではふつうにasを使ってしまうことが多いようだね

The opening theme of the 2nd season is **twice as** better **as** the first.　2期のオープニングは1期の**2倍良い**

● Put efforts in assassination **as well as** in studies.　勉強**だけではなく**暗殺**も**頑張れ

「AだけではなくBも」の言い換えは要注意だね。<u>A</u> as well as <u>B</u> = not only <u>B</u> but also <u>A</u> というように、AとBの位置がひっくり返るのさ（クイ）

I am always studying **as hard as possible**.　僕はつねに**出来るだけ一生懸命**勉強する

This classroom is comfortable **as much as** a maid café.　この教室はメイドカフェと**おなじくらい**居心地がよい

のように、として
じつはasの意味をダイレクトに理解するには、こっちのほうがわかりやすいような気が僕はするね。

- We can **use** this monolith **as** a voice modulator, too.
  このモノリスはボイスモジュレーター**として使う**こともできる

- They treat me **as if** [**though**] I were still their classmate.
  彼らはまるで僕がまだクラスメイトであるかのように接する

- **As a matter of fact**, it's the principle of leverage.
  実を言うと、梃子の原理さ

- He is the intelligence of class E, and is treated **as such**.
  彼はE組の参謀であり、またそのような者として待遇されている

- Of course. I'll memorize it **as soon as** I change the lyrics of the second term opening theme.

- You **strike** me **as** an afraid guy.
  僕には、君は怖がっているヤツに思えるね

- The audience stood up **as one**.
  聴衆はいっせいに立ち上がった

比例・限定
かなり「比較」のニュアンスを含んでいる用法だと思うね。かたまりごと覚えてしまったほうがいいものが多い。

- **As** you grow older, you will come to appreciate the value of "Moe".
  君も歳を重ねるにつれて、萌えの価値が理解できるようになってくるよ

- **As a boy**, I had been regarded as a failure.
  子供のころ、僕は出来損ないと見なされていた

これは「限定」というより「〜時」というwhileの意味だけどね

» as

the good old Akihabara **as I know it**	僕の知る（理解するところの）古き良き秋葉原
As long as I am in Class E, my family will never admit me.	僕がE組にいるかぎり、家族は僕のことを認めてくれない
He is **as good as** dead.	彼は死んだも同然だ

理由・譲歩
このへんは、理由なのか譲歩なのか文脈でしか決められないことも多い。たくさん読んで慣れていくしかないね。あと、辞書も引くべきかな。

As he is lean, he might be popular.	彼はやせているので、モテるかもしれない
Handsome **as** I may be, I'm not going to wear makeup. 僕はイケメンではあるかもしれないが、メイクをしたりはしない	
As for my glasses, these are inseperable from me. メガネに関していえば、これは僕とは切っても切り離せないんだ（=as to）	

時代は細マッチョなんだよ

その他の表現
ここも太字をかたまりごと覚えたほうがいいものが多数だね。たまには音読も効果があるよ。

I am, **as it were**, a blue blood.	僕は、言ってみれば、サラブレッドだ
a strange adjective **such as** "aspectabund"	aspectabund（表情豊かな）などのような耳慣れない形容詞
He insisted **as follows**.	彼は以下のように主張した
as far as I'm concerned	僕の知る（関与する）かぎりでは 僕的には
as before	以前のように
as usual	いつものように（普通に）
as a rule	ルールとして（規則上）
as a result	結果として
as a whole	全体として、概して
as a matter of course	当然のなりゆきで
as a consequence	結果として
as it is	じっさいは、あるがままの

つべこべ言わず丸暗記だ！

as of now / as of old	現在のところ／昔のように
right as rain	すっかり健康

今は英語圏の人にも、-kun, -san, -chan が浸透しているようですね！

殺Uコラム ネットで使える略語集

ネットなどでは as soon as possible を ASAP と略すことは知っていたかい？ ここでは、そういう「略語」をまとめて載せてみたから、ドヤ顔で使ってみるといい。

ASAP:	As Soon As Possible	なるべくはやく、「なるはや」で
OMG:	Oh My God	オーマイガー、マジかよ
SYL:	See You Later	またあとで
BRB:	Be Right Back	すぐ戻ってくるよ
LOL:	Laugh Out Loud	（笑）
LMAO:	Laughing My Ass Off	（爆）
WTF:	What The Fuck	いったいぜんたいどうしたんだ
TGIF:	Thank God It's Friday	華金（今日が金曜で神に感謝）
FML:	Fuck My Life	クソだ（俺の人生最悪だ）

基礎単語 20

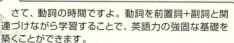
take

担当:
殺(ころ)せんせー

さて、動詞の時間ですよ。動詞を前置詞＋副詞と関連づけながら学習することで、英語力の強固な基礎を築くことができます。

takeの意味は皆さん「**取る**」と覚えていますか？ それは間違っていませんよ。ここで、その基本的な意味をより豊かにすることが目標です。

日本語でも「とる」には「**受け取る**」、「**手に取る**」などがありますし、また栄養を「**摂る**」とも書きますね。こういった連想が英語のtakeにもある程度は応用できますよ。とにかく、「**手に取る**」、そして「**自分のものにする**」というイメージが大切です。

句動詞

take + down

- Please **take down** that picture off the wall.
  その絵を壁から**下ろして**ください
- The chief director began to **take down** our building.
  理事長は私たちの建物を**壊し**はじめた (= dismantle)
- He always **takes down** my weak points.
  彼はいつも私の弱点を**書き留める** (= write down)

take + off

- Why don't you **take off** your coat?
  上着を**脱いだ**らどうですか？ (= remove ⇔ put on)
- What time does your plane **take off**?
  あなたの飛行機が**離陸する**のは何時ですか？ (⇔ land)
- I don't have to **take a day off** to go abroad.
  私は海外へ行くのに**休みを取る**必要はありません

take + in

- I couldn't **take in** the situation at a glance.
  ぱっと見ただけでは状況を**理解できなかった** (= understand)
- I was completely **taken in** by you at that time.
  あの時はあなたに完全に**騙されました** (= deceive)

take + on

You don't have to **take on** so much work by yourself.
独りでそんなに沢山の仕事を引き受けなくていいんですよ

His face suddenly **took on** a look of rage.
私の顔は突如として怒りの様相を帯びた (= assume)

take + up (upon)

I have **taken up** watching football games recently.
私は最近サッカーの試合を観るようになった

This new sculpture will **take up** a great deal of time.
この新しい彫刻には相当な時間がかかりそうですねぇ (= occupy)

If you have the nerve to kill, there is nothing that you cannot **take on**.

The first round of your life is starting from this classroom.

殺ケーション ①

People sometimes **take** me **for** an alien.	私を宇宙人だと思いこんでいる人がたまにいる
The chief director **took over** class A.	理事長がA組の担任を引き継いだ
I was **taken aback** when I saw him again.	再び彼を見た時はぎょっとしてしまった
take A **for granted**	Aを当然のことと考える
take A **by surprise**	Aに不意打ちをかける
take turns	交代で (する)

take

take after A (=**resemble**)	Aに似る（遺伝で）
take place (=**be held**)	開催される
take the trouble to do	わざわざ do する
take care of A	Aの面倒を見る
take advantage of A	A（機会など）を利用する
take along A	Aを（一緒に）連れて行く
take A **apart** (=**dismantle**) Aを分解する	
take a chance (on A) （Aを）いちかばちかやってみる	
take pains 骨を折る（仕事に精を出す）	

温暖湿潤気候で暮らすのだからあきらめなさい
ちなみに先生は放課後には寒帯に逃げます

You must cope with it as long as you are living in the Cfa. For your information, I will **take a leave** for the E after school.

殺ケーション②

take a look (at A)	（Aを）見る
take pride in A	Aに誇りをもつ
take part in A	Aに参加する
take notice of A	Aに意識を向ける
take account of A	Aを考慮に入れる
take charge of A	Aの責任を負う
take A **into account** [**consideration**]	Aを考慮に入れる
take hold of A	Aをつかむ
take a risk [**risks**] (of A)	（Aする）危険をおかす
take A's **place**	Aの代わりをする
take A's **time**	Aの時間をとる
Take it easy!	気楽にやれ！

基礎単語 21

担当：E-1
赤羽業（あかばね カルマ）

takeに続いてgetだよ。getもまずは「**得る**」みたいな意味を覚えるじゃん？「得る」と「取る」で、**takeとgetはかなり似てる**んだよね。もちろん「**持つ**」の**have**もね。ただ、haveは意外に熟語少ないんだけど。haveは一度辞書も見といたほうがいいよ。

「**得る**」から連想してイメージしてほしいのは、getの**目的語**が**物**だった場合、「**買う**」とかだね。あと、**Aが場所**とか**状態**とかのこともある。そしたら、Aに「**到着する**」とか、Aという「**状態になる**」とか、そんな意味にもなってくよー。

句動詞

get + around

I want to **get around** New York by bicycle.
　　ニューヨークを自転車に乗って**ぶらぶら回り**たい

There's no way to **get around** the problem.
　　その問題を**避けて通る**道はない (＝avoid)

The rumor is already starting to **get around**.
　　その噂はもう**広まり**はじめている (＝spread)

I finally **got around** to reading the novel.
　　やっとその小説を**読み**はじめた

> この to は前置詞だから、次にくる動詞は -ing になるよ～

Huh, what are you talking about? We're just **getting started** with the fun.

get + on

- The transfer student is **getting on** very well.
  その転校生はうまくやっている (=manage)
- Don't care about me and **get on** with your studies.
  俺のことは気にしないで、勉強を続けてよ (=continue)
- I have to **get on** the train at Shibuya.
  渋谷で電車に乗らなきゃ (⇔ get off)

Boring men **get on** my nerves.
つまんないヤツは癇にさわる

get + along

- How are you **getting along** at class E?
  E組での調子はどう? (=manage)
- Our teacher doesn't **get along** with her.
  せんせーは彼女と仲良くやれていない

Get along (with you)!
どっか行け!

これ、上の get on の最初の例文とほとんど一緒だよね〜

余計な事考えてないで

殺す気で来なよ

それが一番楽しいよ

Stop thinking too much. Come on as if you want to **get** me. That's the best way to have fun you know.

殺ケーション①

I think he needs time to **get over** the shock.
彼はショックを乗り越える時間が要ると思うよ (=overcome)

get abreast of A
Aに追いつく、追いついて横にならぶ

get across the river	川を渡る
get after A	Aのあとを追う
get at A	Aに到達する、襲いかかる
get down to A/doing	本腰を入れて A／do し始める
get even with A	Aに復讐をする
get to (A)	どこかへ行く、Aに到着する
get to do	do するようになる
get rid of A	Aを取り除く
get [have] the better of A	Aに勝つ
get [rise] to one's feet	立ち上がる
get in touch with A	Aと連絡を取る

殺ケーション②

get back (A)	①帰る ②Aを返却する ③Aを取りもどす
get away (with A)	(Aを盗んで) 逃げる
get back into A	A(活動)に復帰する
get by	通過する
get down	降りる、身を伏せる
get into trouble	トラブルに巻きこまれる
get together (A)	集まる、Aを集める
get through A	Aを通過する、乗り切る
get up	起きる
get lost (=**go astray**)	道に迷う

コロケーションってのは、ホント、口に出して慣れちゃったもん勝ちだよ

基礎単語 22 - 23

before after

担当：E-10
倉橋陽菜乃（くらはしひなの）

はい！ビフォー・アフターの時間、倉橋が担当しまーす。まずは例文！
I brushed my teeth <u>after</u> I took a shower.
→シャワーを浴びた**あとに**、歯を磨いた
I will take a run before I go to school.
→学校へ行く**まえに**、ランニングをしよう
この、**時間の前後**っていうのがキホン！これは知ってたよねー？
でも、afterのほうはもう1つ覚えて欲しい大事なイメージがあるよー。それは、「**追いかける**」みたいな意味です！私にぴったり〜。

≫ before

の前（時）
この意味は上の例文で十分だから、neverと組み合わせた「最上級」表現から載せてみたよー。

I have **never** seen this rare stag beetle **before**.
この珍しいクワガタは**初めて**見た（**これまでに見たことがない**）

ちょっと文法の話になっちゃうけど、ここでago と before の使い分けを解説！
「いまから3年前」：three years **ago** (from now)
「あの時から3年前」：three years **before** (from then)
こんなふうに、基準が「今」か「過去」かで「〜前」の使い分けがあるんだよー

- **the day before yesterday** 一昨日（昨日の前の日）
- We'll be able to assassinate our teacher **before long**.
わたしたちがせんせーを暗殺できる日は**遠くない**

It was **not long before** he came.
彼は**すぐに**きた（彼が来るのに長い時間はかからなかった）

long before は「ずっと前」って意味！

の前（位置）
これは今では使わない、古い用法なんだってー。でも意味は簡単だし、せっかく調べたから載せちゃいます！

A beautiful landscape spread **before my eyes**.
美しい景色が**目の前**に広がった

We have a bright future **before** us. わたしたちの前には明るい未来が待っている

>> after

の後（時）
3つとも、ひとかたまりで熟語になってる言い方だよー！ 何度もブツブツ唱えて覚えちゃお！

- It is dangerous **after dark** around here.
  暗くなるとこのあたりは危険だ
- **After a while**, lots of beetles should be attracted to the trap.
  しばらくしたら、この罠にたくさんカブトムシが寄ってくるはずだよ
- **After all**, life goes on.
  結局、人生は続いてく

の次（順序）
上のとあんまり変わらないんだけど、時間にはあんまり関係ないものをまとめたよ。上から2つの例文はブツブツ暗記！

- Some extinct animals were discovered **one after another**.
  絶滅した動物たちがつぎつぎと発見された
- I go catching insects **time after time**.
  なんども（繰り返し）虫を捕りに行く
- When prime numbers are in order, 859 **comes after** 857.
  素数を順番に並べると、857のつぎに859がくる

追求
これが「追いかける」の意味だよー。最初の look after の言い換えは覚えておいて損なし！

- **look after** (= care for, take care of) a child
  子供の面倒をみる
- **ask [inquire] after** a friend
  友の安否をたずねる
- He who **runs after** two hares will catch neither.
  二兎を追う者は一兎をも得ず

この after は for とほぼ同じ意味だよー

類似・追従
これは「追いかける」にちょっと似てると思うんだけど、ホントに走って追いかけるわけじゃない、みたいな感じかなー。

- The baby **takes after** his mother. (= resemble)
  この赤ん坊は母親に似ている
- I was **named** Thomas **after** my grandfather.
  私は祖父にちなんでトマスと名づけられた

基礎単語 24

around

このページでは around を見ていこう。よろしく。
6章でやる**about**とちょっと似てるから、読んだら復習しに戻ってくるといい。基本イメージは、around Aで「**Aのまわりに**」ってことだね。
移動になると、aboutよりもっと「**回転**」とか「**ぐるっと**」って感じが強い。形容詞のroundは「丸い」みたいな意味だしな。もうひとつ大事なのは「**無目的**」な動きで、「**ぶらぶら**」ってニュアンス。
あと、イギリス英語だと**round**を使うことが多いらしいのでこれも覚えといたほうが無難かな。

担当：E-15
千葉龍之介（ちば　りゅうのすけ）

まわり(に)、だいたい
「まわり」と「だいたい」の関係は、aboutの説明を参照してほしい。いや、サボってるわけじゃないっスよ……。

- Everybody **gathers around** our teacher.
  誰もがせんせーのまわりに集まってくる

- Our grades will be noticed to us **around** five o'clock.
  成績は5時頃に通知される

- Though she's only twenty, she has traveled **around the world**.
  まだ二十歳なのに彼女は世界中を飛び回った

- What goes around comes around.
  相手にしたことは自分に返ってくる／因果応報

中心に、ぐるりと
「移動」系。3つめと4つめを比べると、「自転」にも「公転」にも使えてて面白い。

- **look around** in alert
  警戒してあたりを見回す

  look about と同じ意味と思っていいな

- She **turned around** without the second thought.
  彼女はあまり良く考えずに振り向いた

- The crescent moon is still **revolving around** Earth.
  それでも三日月は地球のまわりを回っている

The Earth is **spinning around** like a spinning top.	地球はコマのようにくるくる回転している
My target is standing **around the corner**.	標的は角を曲がったところに立っている
Our summer vacation is nearly over, and autumn is just **around the corner**.	夏休みもほとんど終わって、秋がもうすぐそこに来ている
You're wearing your T-shirt **the other way around**.	お前、Tシャツ後ろ前だぞ

遠回し・迂回 二点間の最短距離は直線だろ？ で、これは「最短距離じゃない、曲線的な動き」って考えるとわかりやすい。

Stop **talking around the bush** and get to the point.	遠回しに話してないで単刀直入に言えよ
I've got a problem that I can't **get around**.	避けて通れない問題を抱えている

ぶらぶら、だらだら 「中心」がない「回転」ってことで、なんか「ぐちゃぐちゃした動き」っていうイメージでいいと思う。

run around the mountain	山中を駆けまわる

「目的地」もなければ「目的」もない、ってニュアンスがあるんだよな

hang around with the gang	いつもの仲間とつるむ
I know you're nervous, but don't **move around** barefoot.	神経質になっちゃうのはわかるけど、裸足でうろうろするな
"What were you doing?" "Nothing much, I was just **lying around**."	「なにしてた？」「べつに、ゴロゴロしてただけ」
Stop **fooling around** and change your clothes.	ふざけてないで早く着替えろ

こっちも「無目的」で、「無為に過ごす」って感じだね

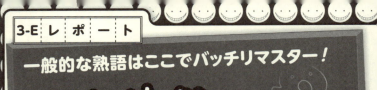

基本的な熟語 ③

一般的な熟語はここでバッチリマスター！

基本の熟語の3回目です。折り返しに差し掛かりましたが、みなさん、これまでに学んだ熟語はしっかりマスターしていますか。もうひと踏ん張りですよ。

熟語	日本語訳
It is no use doing	do しても無駄である
No wonder that …	…ということは全く不思議ではない
It is not until A that …	Aが起こってやっと …
just [all] the same	それでもやはり
keep back A	Aを抑える／Aを隠す
keep A company	Aと一緒にいる
keep doing	do し続ける
keep A in check	Aを制御する
keep A in mind	Aを心に留めておく
keep in touch with A	Aと連絡を取り合っている
keep one's word	約束を守る
keep pace with A	Aに遅れずついていく
keep up with A	Aに遅れずついていく
keep to A	Aに従う
keep A to oneself	Aを秘密にしておく／Aを自分だけのものにする
keep track of A	Aの跡を追う
know better	〜しないだけの分別がある
know A by heart	Aを暗記している

熟語	日本語訳
learn A by heart	Aを暗記する
know A by sight	Aの顔は見たことがある
lead [live] a … life	…な人生を送る
leave A alone	Aを放っておく／Aを独りにしておく
leave nothing to be desired	申し分ない
let alone A	Aは言うまでもない
let down A	Aを失望させる
let go A	Aを手放す／Aを解放する
little by little	少しずつ
lose one's temper	冷静さを失う／怒る
lose sight of A	Aを見失う
may well do	おそらく do するだろう
might as well do	どうせならdoするほうがましだ／まぁdoしてもいい
more often than not	たいていは
more or less	多かれ少なかれ
sooner or later	遅かれ早かれ
needless to say	言うまでもなく
no doubt	間違いなく
no less than A	Aもの（量などが多いことに対する驚き）
no more than A	わずかAの（たったのAだけという気持ち）
no less A than B	Bに劣らずAである
no longer	まったく〜ない
no matter what	どんなに〜でも
no more A than B	Bと同様にAでない
not always	常に〜とは限らない
not A but B	AではなくB
not in the least	まったく〜ない
not so much A as B	AというよりむしろB
not to mention …	…は言うまでもなく

3-Eレポート

完全防御形態で学ぶ前置詞

さて、ここでは前置詞の意味をイメージでつかめるように先生頑張りました。この完全防御形態をK（Koro-teacher）、そしてその周りにあるものをAとして図解していきますよ！

in
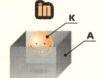
K is in A
KはAの中にいる

on

K is on A
KはAの上にいる

at

K is at A
KはAのところにいる

by

K is by A
KはAの近くにいる

up

上る

down

下がる

確かに図だと分かりやすいけど……この形態の時って動けないんじゃ？

over

K is over A
KはAの上にいる

under

K is under A
KはAの下にいる

from A to B
AからBへ

along A
Aに沿って

across A
Aを横切る

K is against A
AによりかかるK

K is behind A
Aの後ろにいるK

overとunderやalongとacrossなどは対で覚えよう

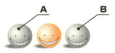
K is between A and B
KはAとBの間にいる

K is around A
Aのまわりにいる K

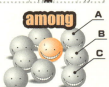
K is among A,B,C...
KはAたちに囲まれている

簡単なイメージを頭に入れるだけでも会話で役立つわよ

into A
Aに入る

off A
Aから離れる

above

K is above A
Aの上の方にいるK

below

K is below A
Aの下の方にいるK

前置詞をマスターすればまさに「隙無し」と言えますね

3-E レポート

漫画の描き文字、英語にするとどうなる!?
漫画の描き文字を英語で表現!

発表者・不破優月(ふわゆづき)

いまや世界中で読まれている日本の漫画。そこに登場する「描き文字」を英語で表すとどんなふうになってるのか、紹介していくよ!

雰囲気編

雰囲気や気持ちとか実際には聞こえない擬音を表す描き文字の英語だよ

ドン!! → DOOM!

数々の漫画に登場する使い勝手のいい描き文字。画面にあると迫力が出るのよね。ちなみに物音とかの実際に聞こえる「ドン」とは、英語での表現が違うから注意して。

シーン → SHHH

静けさを表現する擬音。「Shhh」は、静かにして欲しい時によく言う「しーっ」っていう意味なんだって。それがそのまま使われてるのかも。日常でも使えそうよね。

ゴゴゴゴ → G-G-G-G-

これもいろんな漫画で使われてる雰囲気を表す擬音。重々しさや不穏な雰囲気を表現するときによく使われてるわ。英語での表現は、読みをそのまま英語にした感じ。

シャキーン → SHWAK

漫画のなかで、剣や武器を構えているシーンとかに使われることが多い描き文字の英語版。わたしたちもナイフを構えたときにでも使ってみるといいかもしれないわ!?

> 漫画の描き文字を英語で表現！

ジャンプ漫画の 必殺技 編

> ジャンプ漫画といえば必殺技！特殊な描き文字の英語を紹介するよ！どの漫画のことなのか、みんなはいくつ分かるかな？

ズオビッ → ZHOOM

指先に集めたエネルギーを放出するときの効果音！7つの球を集めると願いが叶う漫画で、緑色の肌が特徴のキャラが技を放ったシーンで描かれているのが有名よね！

カッ!! → KRAK

閃光を表す表現ね。「CRAK（鋭い爆音）」が由来で、「C」を「K」にして、より強調した表現にしてるのかも。上と同じ作品の、目を眩ませる技でも使われているよ。

キィーン → VWEEN

気を溜めるときに使われる描き文字よ！たとえば、忍たちによる壮大な戦いを描いた漫画だったら、主人公がチャクラを手のひらに集めているシーンだったりとかね。

ドガガガ → WAP-AP-AP-AP

この描き文字は、敵を何発も殴るときに使われるわ。「WAP」っていうのは、「WHAP（「強打」などの意）」の略ね。海賊漫画の主人公が敵を殴りまくる技でも登場してたよ。

ドゴドゴドゴ ドゴドゴドゴ
ドゴドゴドゴ ドゴドゴドゴ → BAM BAM BAM BAM BAM BAM
ドゴドゴドゴ ドゴドゴドゴ　　BAM BAM BAM BAM BAM BAM
　　　　　　　　　　　　　　BAM BAM BAM BAM BAM BAM

これも敵を殴りまくる攻撃の効果音。この描き文字を使うと、「人間讃歌」をテーマにした大河漫画に登場する、特殊能力でのラッシュ攻撃のシーンが再現できるかもね。

バシュ ギュオオオオ → DSSSH VWWWSH

テニスボールをラケットで打ち返した際の効果音だわ。ジャンプのテニス漫画で使われる場合、打ち返したボールが真っ二つに割れ相手コートに落ちそうな感じがするわね。

> 大人の事情で漫画のコマは載せられないから何の技かは文字から察してね

……不破さん

第5章
クロスワードパズルの時間

殺る気の出る格言

Ignorance is the curse of God; knowledge is the wing wherewith we fly to heaven.

――無知は神の呪い、
　　　　知識は天にいたる翼。

William Shakespeare
ウィリアム・シェイクスピア

数々の傑作を残した劇作家・詩人です

必要な知識を磨けば色々な危機にも対処できますね

5. クロスワードパズルの時間

　特大のボストンバッグに詰められたE組生徒達とプイは、窮屈な空間にしばらく耐え、三十分足らずで地上に下ろされた。バッグのジッパーが開いて、殺せんせーがぬっと顔を見せる。
「到着です。みなさん、ここがどこだかわかりますか？」
　ボストンバッグからひょっこり顔を出した渚の目に映ったのは、電飾だらけのギラギラした街並みだ。
「なんだここ!?」
「渚、早く出て！　バッグの中、狭いんだからっ」
　中村に押し出され、渚はボストンバッグの外に転がり出た。他の生徒達も順々にバッグから脱出した。
「あ、ラスベガス!」
　中村が指さした電飾看板に、はっきり書いてある。
"WELCOME TO FABULOUS LAS VEGAS (ラスベガスへようこそ)"

プイはきらびやかな街の様子を呆然と見回している。プイ、渚、カルマ、磯貝、千葉、中村、倉橋、とボストンバッグから総勢7名が出揃うと、殺せんせーは生徒達に説明を始めた。
「そうです。ここはラスベガスです。ビッグチャンスがそこら中に転がっているこの街で、君達も先生を暗殺するチャンスをつかんでください」
「へえ～、ギャンブルがヘッタクソなのにここを選ぶとはね～」
　カルマは薄ら笑いを浮かべた。
「先生がなぜここをハンデとして選んだか、理由はすぐにわかりますよ。とりあえずこれを」
　一瞬で紙になにかを書くと、プイに手渡した。渚がそれを覗きこむと、書かれていたのはクロスワードパズルだ。
「この街に答えが隠されています。街の観光地図も渡しておきますね。それではプイ君、幸運を祈りますよ。では！」
　そう言うと、渚たちの目の前でシュバッと飛んで消えてしまった。
「なっ……！」
「どこに消えた!?」
　プイはしげしげと紙をのぞきこんで磯貝に尋ねる。
"これはなんだ？"

"クロスワードパズルっていって、横のヒントを解いて、言葉を埋めるんだよ。で、太い枠のマスの文字を並べると、キーワードがわかるんだと思う"

　プイはしばらくパズルの枠を指でなぞった。

"とにかくこのヒントを解いていけばいいんだな?"

"そうそう。早く解いて殺せんせーを殺りにいこう、プイ"

　磯貝はヒントを素早く読んだ。

(ア)・アメリカのイタリアで愛を語る

(イ)・砂漠なのに湧き出る水

(ウ)・ラスベガスで一番熱い

(エ)・注:振ると危険

(オ)・ベガスのてっぺんで恐怖を叫ぶ

(カ)・いつの時代でも人々が集まる憩いの場所

"簡単そうなのもあるけど、まるで見当もつかないのもあるな"

"おーい、こっちこっち! インフォメーションセンターがあるよ!"

　中村が手招きをして、E組生徒達が集まってくる。センターでラスベガスを紹介するパネルを眺めながら、殺せんせーのパズルと照らし合わせる。カルマが地図を見てうなずく。

「ラスベガスってさ、世界の観光名所を再現したものが多いんだよね。ほら、イラストで描いてあるけど、ニューヨークの摩天楼とか、エッフェル塔とか、ピラミッドとか。だから、"アメリカのイタリア"って、きっとそんなやつだよ」

渚が地図の真ん中を指さした。

「あ、ベネチアンホテルってある！ "ベネチア"だからきっとイタリアなんじゃない、これ？」

「でもさ、ホテルの名前じゃ字数合わないよね。それに"愛を語る"ってのがわかんないし。とりあえず行ってみない？」

渚はカルマの提案にうなずいて、プイに声をかけた。

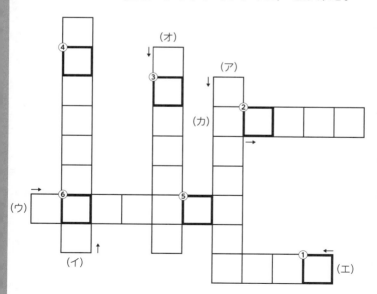

"'アメリカだけどイタリア'がすぐ見つかりそうだよ"
"本当か？　すぐ行こう、ナギサ!"

　プイはインフォメーションセンターを飛び出した。プイと渚達はメイン通りに出て、賑やかな方に入っていく。

「何でもバカでかいな。派手だし」

　千葉は巨大なビルの群れに圧倒され、キョロキョロしながら通りを進む。

「"愛を語る"って、デートスポットかな」
「うんうん、きっとそうだと思う!」

　カルマの意見に倉橋がうなずいた。

「ラスベガスっていったらなんたってカジノが有名だけどさ、デートスポットなんてあるのかね〜」

　ベネチアンホテルに着いたプイたちは、二階で驚く光景を目にした。天井には深く青い空が描かれていて、ヨーロッパ風の街並みが作られ、そして室内なのに運河とゴンドラがあった。

「わあ、ステキ!」

　倉橋が目をハートにして飛び跳ねた。運河を滑っていくゴンドラには、ぴったりとくっついた若いカップルが乗っている。これで"GONDOLA"がパズルにはまった。

「うん、字数もぴったりだ。これでサクっと一問片づけたね」

　二番目、三番目の言葉はこのホテルのすぐ近くで見つかった。「砂漠なのに湧き出る水」は滝のような噴水"FOUNTAIN"、「ラスベガスで一番熱い」は火山の噴火"VOLCANO"をモチーフにした炎のショーだ。

　道ばたで次々と出くわす大規模なアトラクションに全員が驚いた。見入ってしまいそうになるのを頭を振って次の問題に集中する。次のヒントの文を読んだ千葉が頭をかいた。

「"注：振ると危険"って、なんだこりゃ？　全然わかんねぇや」

「あと三つ、やっかいなのが残ったな」

　磯貝も紙を手にしたまま動きが止まった。だが、中村が「あっ」と声を上げた。

「ざんねーん、あと二つだよーん。もう一個わかっちゃった」

「莉桜(りお)ちゃん、ほんと？」

　中村は倉橋に向かって自慢げに笑ってみせてから、自分の背の方を指さした。

「ほれ」

　その先のビルには、巨大なコーラ瓶がくっついていた。

「"振ると危険"だよ？」

「なあるほど！　莉桜ちゃん、あったまいい〜！」

　4個目の言葉"COLA"が埋まり、問題は残り2つとなった。

「"ラスベガスのてっぺん"ってどこだろう？」

「けっこう高い建物、いっぱいあるもんね」

　千葉と倉橋が地図を見て頭を悩ませた。

"プイ、あれだと思う"

　プイは地図には目もくれず、メイン通りの端にわずかに見える建物を指した。

"よく見えないな。でもプイがそう言うなら行ってみよう"

　磯貝はプイに同意すると、プイの背中を押した。

　プイはシュロの木が並ぶラスベガスのメイン通りを小走りして、通りを往来する観光客の間を縫っていく。教室にいる時のストイックなプイとは違って、生き生きとした表情だ。E組の生徒達がその後を追った。大通りを進むにつれ、プイが指さした建物が大きく視界に入ってくる。それは先の尖ったタワーだった。プイはタワーのすぐ近くまで来ると、じっと目を凝らした。タワーの上から、人々の絶叫が響いてくる。

「今度はなに！？」

　渚があわてて見上げる。タワーの上で動いている乗り物らしきものが見え隠れし、そこから再び楽しそうな叫び

声が聞こえてきた。千葉が思わず笑い出した。

「すげえ、絶叫マシンじゃないのあれ？　乗りてー」

「タワーの名前も"STRATOSPHERE TOWER"、成層圏タワーだってよ」

中村が看板を見て言う。

「じゃ、これが"ベガスのてっぺんで恐怖を叫ぶ"確定だね。でも、字数あわねーか」

カルマがクロスワードを覗きこんでいると、プイがそれを取り上げてタワーの中へ駆けていった。

"プイ！"

磯貝が後を追う。プイが駆けこんだ勢いのまま展望台へのエレベーターに乗ろうとすると、中に乗っていた係員から"チケットを拝見"と提示を求められた。

"えっ、チケット!?"

"展望台行くのなら、あそこでチケットを購入してください"

プイは足止めを食い、他の客を乗せてエレベーターは上がっていってしまった。

「一人16ドルかー。誰かドル持ってる……わけねーか」

カルマが自分のポケットを探りながら尋ねた。渚達はみんな首を振った。すると、プイがタワーのインフォメーシ

ョンブースに突進していき、ブースに座っていた若い係員にクロスワードパズルを見せた。
"ここに入るもの、知りたい。ラスベガスのてっぺんに行きたい。けど、お金ない"

　勢いよく飛びこんできたプイにその係員は驚いたが、一生懸命訴えるプイを見てクロスワードパズルを手に取った。しばらく眺めて、何度もうなずいてほほえんだ。
"これ誰が作ったの？　この街を楽しめるようによくできてるよ。……'ラスベガスのてっぺん'か。見て、上にある絶叫マシンはこの3つ、あてはまるのは、……"

　そこまで係員が言ったところで、追いついてきた磯貝が嬉しそうな声を上げた。
"'XSCREAM'、これだ!"

　係員はにこにこして親指を立てた。
"もう一つ埋めなきゃいけない言葉が残ってるんだね"
"この問題が解けないと、困る"

　真剣なまなざしでプイは係員を見つめた。
"わかったわかった。そんな目で見つめるなよ"

　係員は急に用心深い表情になって周りを見回し、引き出しから小さな紙の束を取り出すと数枚いっぺんにちぎった。

"ベガスはさ、スペイン語で'肥沃な土地'って意味なんだぜ。上からベガスを見てみな。'いつの時代でも人々が集まる憩いの場所'がきっとわかる。ほら、チケット"

係員はウィンクしてプイたちにチケットを渡した。

"うわっ！ ありがとう！"

口々にお礼を言いながら急いでエレベーターへと向かうプイたちの背中に向かって係員が声をかけた。

"おーい、そのパズル、宝物のありかか何かわかるのかい？"

"そうだよ、億万長者になれるくらいのね。ありがとう！"

プイに代わって磯貝が係員に叫んだ。

"やったなプイ！"

"すげえな"

磯貝と千葉にほめられたプイは照れた。エレベーターの上昇速度は速く、耳がツンと圧迫される。扉が開いて、展望台になだれ出たプイたちの目に入ったのは、タワーの外へ張り出した絶叫マシーンだ。そのマシーンがシーソーのように揺れる度に客の絶叫と笑い声が響く。

「これが"Xscream"!?」

「こりゃすげー！ 先頭とかめちゃくちゃ怖いんじゃない？」

渚と千葉がギリギリなつくりのマシンに驚いて興奮気

味に話す。
「なんとかして、タコ乗せたいなあ」
　カルマは中村と顔を見合わせて意地悪な笑みを浮かべた。
「みんなこっちこっち〜」
　周囲を見渡せる場所で倉橋が皆を呼んだ。やってきた中村が展望台からの眺めに見とれた。
「すんごいねー、この眺め。絶景だわー。街の灯りがきれい！」
「ほんとにすごい……遠くの山もきれいだし」
　渚もその風景に見とれた。夕焼け空の赤色が荒涼とした山々を染めている。山は煌々と光るラスベガスの街を四方囲んでいる。
　カルマがもう一度風景をぐるっと見回してからプイを呼んだ。
"プイ、街の向こう、見える？"
"ああ、岩山ばかりだ。乾いた大地で、草木がほとんどない"
"…………砂漠か！"
　カルマの言いたいことに気づいた磯貝が会話に入ってくる。
"きっとさ、飛行機とか電車とかないころ、砂漠を歩いてきてこの街に着いたらホッとするよな、きっと"
　カルマがニヤリと笑うと、地理に強い磯貝はカルマの言いたいことがわかった。そうだ、この街はもともと、そ

ういう場所に作られた街だったはず。

"砂漠....その中の'肥沃な土地'……ラスベガスは、人々の'オアシス'だ*!!*"

"その言葉、枠に入るか？"

　プイに言われて磯貝はパズルの枠を確認する。"OASIS"という言葉がぴったり当てはまった。

"ぴったりだ。やったな、プイ*!*"

　プイは、初めて満面の笑顔を見せた。

"それで、イソガイ、キーワードは何だ？"

　磯貝は目でキーワードを拾っているうちに微妙な表情になっていく。

"キーワードは、'CASINO'"

"カジノ!?"

　みんな磯貝の言葉を聞いてしょっぱい表情になってしまった。渚と中村が文句を言った。

「これだけ苦労させて、キーワードは"カジノ"!?　ラスベガスっていったらカジノってすぐ思いつくし……」

「えーっ、殺せんせー、いまカジノにいんの？」

　千葉がぼそっとつぶやいた。

「つーか、俺らを走らせといて、カジノでギャンブルしたい

だけだったんじゃね?」

　これまでの疲れがどっと出て、どんよりした気分になる。
カルマはあからさまにイラッとした顔になった。
「いい度胸してんねー、あのタコ。俺らをこんだけ走らせといて、自分はその間ギャンブル三昧ってさ」
「ないよねぇ」
　渚もカルマの意見に同意した。
「ギャンブルにのめりこむと回避反応が遅れるってのはわかったから、こっちも本気で殺りに行くとするかね～」
　カルマはこめかみにうっすら青筋を立てて怒っている。
けれども、渚はふと殺せんせーの意図が飲みこめた。

　殺せんせーの弱点ex.ギャンブル中は反応速度が落ちる。

「殺せんせーはこの前のプイとのギャンブルで、自分でも自分の弱点に気づいてたんだ。てことは……本当に僕らにビッグチャンスをくれたことになる」

基礎単語 25

for

さて、5章はforから始めるわよ。なかなかの難物だから、気合い入れて殺していきなさい。

まず覚えるべき基本イメージは、for Aと言ったとき、「**Aに気持ちが向かっている**」という感じなの。そこから、「**Aのために**」という**目的**の意味が出てくるわ。Aが場所なら、「**Aに向かう**」という意味にもなるわね。

forの意味は幅が広くてここだけじゃカバーしきれないけど、下でもいちいち説明していくから、ちゃんとついてきなさい。

担当：イリーナ・イェラビッチ

目的

for Aで、「Aのために」が基本よ。よく似てるけど、そこから「Aを求める、探す」というニュアンスも出てくるわ。

Don't you have a birthday **present for** me?	私に誕生日プレゼントはないの？
Can I do anything **for** you?	私になにかできることはある（手伝いましょうか）？
This Shinkansen **is bound for** Kyoto.	この新幹線は京都行だ

bound to doで「〜することになっている」という意味よ

Head for the top floor while I gain you time.	私が時間を稼いでいる間に最上階へ向かいなさい
I thought I **was not made for** a teacher.	自分は教師になんて向いていないと思っていた（＝cut out for）
She is **not fit for** the mission anymore.	彼女はもうこの任務には使い物にならない
The most important part of assassination is **preparing for** it.	暗殺における最重要項目は、その準備をすることだ
make preparation for the assassination	暗殺の準備をする
He can manage to **provide for** his family.	彼はなんとか自分の家族を養うことができている

provideは他動詞で使われる方が普通よ。他動詞の意味は知ってる？ withのページに出てくるけど、辞書も引いておきなさい

What do you learn **for**?	どうして（何のために）学ぶの？

what for で why の意味よ

I heard the octopus **apply for** a raise.	あのタコが昇給を申しこんでいるのを聞いた
For Sale / Not For Sale	「売り物」／「非売品」
I mastered the piano **for the sake of** assassination.	暗殺のためにピアノをマスターした

> I had never thought it was **for** me **to** live in such a peaceful world.

こんなふうに、to 不定詞の意味上の主語は for で表すのよ

自分がこんなフツーの世界で過ごせるなんて‼ 考えた事無かったのよ‼

She likes seducing men **for itself**.	彼女は男性を誘惑することそれ自体が好きなのだ（= for its own sake）
I had to **look for** somewhere to hide.	どこか隠れるところを探さなきゃいけなかった
ask for teacher **ask** teacher **for** advice	センセイを訪問する センセイにアドバイスを求める
Oh my God, I think it's too **late for** my last train!	どうしよー、アタシ終電なくなっちゃったかも！

late for: 〜に遅れる。このセリフは大人になってから使いなさい！

Well, I guess you have to sort things out **for yourself**.	そうか、まぁ自力でなんとかするんだな

for

- She is too sexy **for her age**. 彼女は**年齢のわりに**セクシーすぎる
- Are you **for** or **against** my plan? あなたは私の計画に**賛成なの、反対なの**？（for ⇔ against）

> **交換** A for B で、「Bのかわりに A」という意味になるの。大事なのは、A と B が等価で、交換できる、ということ。最初の例文がわかりやすいわ。

- He **bought** that cup noodle **for** ¥200. 彼はあのカップ麺を **200円で買った**
- In the early stage, you'd better translate a sentence **word for word**. 最初のうちは、文章を**一語一語（逐語的に）**訳したほうがいいわよ
- I must **make up for** my mistake. 私は自分の過ちを**埋め合わせ**なければいけない（= compensate for）
- Her life can be saved **in exchange for** your appearance. 彼女の命は君たちが現れることと**引き換えに**救われます

Anyways, I **don't care for** presents other than from him.

- Did you know that "DJ" **stands for** Disc Jockey? / 「DJ」はディスク・ジョッキーという意味だって知ってた？

That octopus believes that he can **pass for** an ordinary man in that disguise. / あのタコはあんな変装で普通の人間として通用すると思っている

> この for はほとんど as の意味だわね

substitute the monolith **for** him / 彼のかわりにモノリスで代用する

mistake the direst assassin **for** a florist / 最恐の暗殺者を花屋と間違う

理由・対象

日本語でも、「～ために」というと「理由」の意味もあるでしょ？　それと似てるわね。理由といえば because だけど、ほとんど一緒よ。

- My teacher **is famous for** mediating the best assassins. / 私のセンセイは最高の暗殺者を斡旋することで有名だ

- I **hate** him **for** his insensitivity. / 彼は堅物だから嫌いだ

- **Were it not for** (= **But for**) his insensitivity, he would be mine in no time. / 鈍感じゃなかったら、あんなやつすぐ私のものなのに

> こういう、「～じゃなかったらいいのになあ」という仮定は反実仮想と呼ぶよ。仮定法のところで習うわね。ここからは文法問題で重要な熟語が多いわよ

- **If it were not for** this class, I would have never felt like this. / この教室がなかったら、こんな気持ちになることはなかっただろう

I love him **none the less for** his faults. / 欠点はあるけれど彼のことが好きだ

I love him **all the better for** their faults. / 欠点があるからかえって彼のことが好きだ

Some people are not happy **for all** their wealth. / 裕福であるにもかかわらず幸せになれない人もいる

Never **take it for granted that** you can live in peace. / 平穏に暮らせることを当たり前と思ってはいけない

- You shall **want for nothing** while I live. / 俺の目の黒いうちはお前に不自由はさせない

Being scolded, I had to **settle for** my pajamas. / 叱られて、パジャマで手を打つしかなかった

- How do you **account for** these scribbles? / この落書きは一体どういうことか説明してくれる？

» for

He **is responsible for** his actions.	彼は自分の行状に対して責任がある
We should **call for** help.	助けを呼ばなきゃ
She **wishes for** popularity among the students.	彼女は生徒たちの間での人気を欲している

時間・距離
これはちょっと今までとは違うわね。for ＋時間、for ＋距離、って言うと、どちらも「～のあいだ」という意味になるわ。

I will draw their attention **for** 20 minutes.	私があいつらの注意を 20 分間（のあいだ）ひきつけておくわ
I committed murder **for the first time** in my life.	私は人生で最初の殺人を犯した
After that, I had to walk **for hours** as the train was already out of service.	その後、既に電車は終了していたので、私は何時間も歩かねばならなかった
Can we be just the two of us **for a moment [while]**?	ちょっとだけ２人きりになれない？
for the time being **for the present**	当分のあいだは
for the future	将来は、将来のために
I thought I lost my phone **for good**, but it came out from under the carpet.	ケータイが完全になくなってしまったかと思ったが、カーペットの下から出てきた

その他の表現
ここではフレーズごと身につけてほしい決まった表現を並べてあるわ。こういうのは、声に出して慣れちゃった者勝ちよ。

Allowing for her inexperience,	彼女の経験不足を考慮に入れれば
have a taste for reading	読書が好きだ
have an ear for music	良い耳（音楽の才能）を持っている
apply for a job	職をさがす
for what reason (= **why**)	どのような理由で
as for me = **for my part**	私としては
for the most part	大部分においては
for example [instance]	たとえば

熟語はここで覚えるだけじゃなくて、辞書も必ず引いておきなさい

for ever	永久に
for all I know	私の知る限りでは
for certain [sure]	間違いなく、もちろんさ
for fear of = for fear that	〜を恐れて、〜してしまうとまずいので

What a nice person! I shall ever **be grateful for** your kindness!

素敵な方！このご恩は忘れません!!

for free	無料で
for nothing	無料で、はっきりした理由もなしに
for long	長い間（疑問文・否定文で）
for now	当分は、さしあたり
for one thing	ひとつには、一例を挙げれば
cry out for help	助けを求めて泣き叫ぶ
Send for a doctor!	（誰かを派遣して）医者を呼んでこい!
I feel for you.	心中お察しいたします

基礎単語 26

come

担当: E-17
中村利桜
なかむらりお

comeつったらgoっしょ、ってことで、comeとgoは同時に殺るよー。goの解説は渚ちゃんね。
comeは「**来る**」ってのはさすがにOKだよね？　そんで、comeは「**場所の移動**」だけじゃなくて、「**状態の移行**」みたいな感じにもなんの。誰でも知ってるcome onなんか、言い方ひとつでどっちの意味にもなったりするよ。
あとそれと似てんのが「**現れる**」とか「**起こる**」とかって意味ね。come overの1つめとか、come forthとかかな。ま、順番に見てけばヨユーだから。

句動詞

come + along
- Do you want to **come along**?
  一緒に来たい？
- The opportunity **came along** to peep at our teacher in the nude.
  せんせーの裸を覗く機会がやってきた

come + over
I could see panic **come over** him during the exam.
テスト中、アイツが焦りに襲われているのがわかった
She **came over** and whispered into my ear.
彼女がこっちに寄ってきて私に耳打ちした
Why don't you **come over** and study with me?
うちに寄って一緒に勉強してけば？

come + on
- **Come on**!
  こっち来なよ！
  ほらほら／しゃきっとしな／がんばれー
  ふざけんなよー／たのむよー／やめろよー

これは文脈と言い方でめっちゃ色んな意味になるんよー

超失礼～

私もともとクソ真面目よキャキャキャキャ

Come on!
I'm always dead serious, didn't you know?
Kya Kya Kya Kya.

殺ケーション①

Many people **came forward** to help.	多くの人が助力を申し出た
I **came close [near] to** mistaking.	あやうく間違えるところだった
When I **came to**, I was lying in a bed.	気がついたらベッドで寝ていた
We **came to** know each other.	互いを知るようになる
When it comes to A	Aに関していえば
come by (A)	① 通りかかる ② 立ち寄る ③ Aを手に入れる
come to terms with A	Aと妥協する あきらめてAを受け入れる
come around	訪ねてくる
come about (＝**happen**)	（出来事が）生じる
come across A	Aにばったり出くわす、 Aを偶然見つける
come apart	ばらばらになる
come down with A	A（病気）で倒れる
come forth	出てくる
come from A 　Aの出身である	これいつも現在形で言うから注意ね

» come

come of age	成人する
come loose	はずれる、はがれる、ゆるむ
come up with A	Aを（ポケットなどから）取り出す、A（アイディアなど）を思いつく

> Hey, then why don't we also blend mantis' eggs? They're close relatives so the two should **come** nicely, eh?

> あじゃあカマキリの卵もブレンドしよ
> 昆虫の中でも近縁種だから相性良いはず

殺ケーション②

come into effect	実施される（効力を持ちはじめる）
come into being [existence]	発足・誕生する
come into sight [view]	見えてくる
come to an end	終わる
come to an agreement	同意に達する
come to a decision [conclusion]	結論に達する
come to light	（秘密などが）明るみにでる
come to a stop [halt]	停止する
come true	実現する
come out	（真実などが）明らかになる

基礎単語 27

go

担当：E-11
潮田渚

ここからはgoだよ。goは「**行く**」だけど、「**行ってしまう**」、「**去る・消える**」っていうイメージも持っておくと便利だから覚えておこう。

それから、comeにも出てきた「**状態の移行**」って意味がgoにもあるよ。簡単に言うと、「**～という状態になってしまう**」って感じかな。go badで「**腐る**」とか、マイナスなイメージを伴うことが多いよ。

あとは「**進む**」やクラスとかでうまく「**やっていく**」みたいな意味もあるから、1つずつ確認していこう。

句動詞

go + ahead

Go ahead. I'll catch up with you later.
　先に行っててよ。僕はあとから追いつくから

Whatever the weather, our plan will **go ahead** as planned.
　どんな天気でも、僕らの計画は計画されたとおりに実行される

"May I use your telephone?" "Sure, **go ahead.**"
　「電話をお借りしてもいいですか？」
　「もちろん、どうぞ（お使い下さい）」

go + by

As time **goes by**, you will gradually forget about that.
　時間が経つにつれて、そのことは徐々に忘れていくよ（=pass）

Sitting under the tree, I was watching my classmates **going by**.
　木陰に座って、クラスメイトたちが通るのを見ていた

I **went by** his instructions, and it did work.
　彼の指示に従ったら、ちゃんとうまくいった

go + for

- Let's **go for** a walk.
  散歩に行こうよ
- I'd like to **go for** coffee rather than tea.
  お茶よりはコーヒーを選びたい (=choose)

Go for it!
「がんばれ!」「いけ!」「やってみろ!」

> 応援して何かさせようとする時の決まり文句だよ

go + off

After school, our teacher will **go off** for Brazil.
放課後、せんせーはブラジルに行ってしまうだろう

A bomb **went off** in the distance.
遠くで爆弾が爆発したのが聞こえた (=fire, explode)

> go off はアラームが「鳴る」、という時なんかにも使うよ

All illumination suddenly **went off**.
急に照明が全部消えた (=go out ⇔ go on)

go + on

- The special class **went on** until ten o'clock.
  特別授業は10時まで続いた
- What's **going on**?
  「何が起こっているの?」「どうした?」

go + over

> この over には「あっちの」みたいなニュアンスがあるよ

I have to **go over** to the library today.
今日は図書館に行かなきゃならない

I **went over** my test paper once again.
解答用紙をもう一度よく見直した (=examine)

go + through

I think we're **going through** a period of great change now.
いま僕らは大きな変化の時期を経験しているんだと思う
(=experience)

I **went through** all my pockets but couldn't find the key.
ポケットをくまなく探したけれど、鍵は見つからなかった
(=examine)

> 僕は…殺し屋になるべきでしょうか
>
> Should I . . . **go and take** my path as an assassin?

殺ケーション①

This hairstyle does not **go with** this clothing.	この髪型はこの服装と合わない
He **goes so far as to** take down our building.	彼は僕らの校舎を解体しさえする
go about A	A（仕事など）にとりかかる
go in [into] A	A（仕事場など）に行く
go without A	Aなしですます
go out with A	Aとつき合う
go around	（誰かの家などに）行く

この around は副詞だから、目的語をとるときは前置詞が必要。たとえば、go around **to** his home みたいになるよ

go a long way	① 遠くまで行く ② 長持ちする ③ 役に立つ

殺ケーション②

go on a diet	ダイエットする
go astray	道にまよう

back

はい、じゃあbackを担当するわね。**飲み物よ、backは。**

基本イメージは「**うしろ**」ね。これはいいでしょ？それで、たとえばgo onとgo backなんかを比べると、「前へ進む／後へ戻る」って意味で、**onと対義語だとも言える**のよね。forwardなんかもそうだけど。ちなみに、forwardは簡単に殺れちゃうから、辞書引いたらいいわよ。

「**うしろ**」って意味から「**元に戻る**」みたいな「**復旧**」の意味も出てくるわ。それと近くて大事なのは、「**抑える**」という意味。まぁ順番に見ていきましょうか。

担当：E-20
原 寿美鈴（はら すみれ）

うしろ
「うしろ」を向いたり、「うしろ」に動いたりするってだけよ。簡単、簡単！

- Don't **look back**. 　　　後ろをみるな、過去を振り返るな
- Don't **turn back** during the race. 　競争の最中に振り向いてはいけない
- **fall back** against the wall 　飛びのいて壁にあたる
- **Stand back**! 　　　さがれ！（離れろ）
- **back and forth** 　　　行ったり来たり

過去・復元
物理的な「うしろ」だけじゃなく、「過去」の意味も出てくるってわけね。

- **go back** to the main school building 　本校舎へ戻る

> back は、名詞では「背中」、形容詞では「うしろの」（back entrance：裏口）って意味もあるわよー

- **take** a book **back** to the library 　本を図書館に返しに行く
- **get** / **take back** the hostage 　人質を取りもどす
- **Give** me **back** my bread. 　私のパンかえせ
- Please **call** me **back**. 　折り返し電話ください

> call me back の back は、「復元」っていうよりは again の意味よね

Working at the facility **brought back** many memories.	施設で働いてみたら、思い出がたくさん蘇ってきた
✏ **Look back on** the long lost days.	遠い昔のことを振り返る

I know that it's normal nowadays for wives to work too, but I'm sure some men need a comrade that they can **trust** their **back** with.

共働きが当たり前の時代だけどさ 背中を完璧に任せられる戦友を必要とする男は必ずいると思う

そうなるためにはまだまだ沢山学ばなくちゃね

めしあがれ

I still need to learn a lot for that, though.

抑える

これはアタシは「出てきちゃったものを元に戻す」みたいなイメージで覚えてるわね。

● **Hold back** your anger.	怒りを抑えなさい
push back the foreign legion	外人部隊を押しもどす
She must **cut back** [**down**] **on** her weight.	彼女は体重を減らさなくてはならない
✏ His tentacles **kept** him **back** in studies.	彼の触手のせいで勉強が遅れた

反発

「抑える」にかなり似てるわよね。これも、「押されたから押し返す」みたいなイメージよ。「返す」が back ね。

● Don't **talk back** to your father.	父親に口答えするな
You have to **fight back**.	立ち向かわなきゃダメだ（やりかえせ）

基本的な熟語 ④

一般的な熟語はここでバッチリマスター！

にゅヤッ！もう最後ですか？みなさん、頑張りましたねぇ。ここまでの熟語をマスターすれば、基本的な熟語はバッチリです！

熟語	日本語訳
nothing short of A	まさにA
now that …	今やもう…なので
once for all	きっぱりと（これを最後に）
once upon a time	むかしむかし
one by one	ひとつずつ
pay a visit to A	Aを訪問する
pay attention to A	Aに注意する
play a role	役割を演じる
play a trick	いたずらする
plenty of A	大量のA
scores of A	数多くのA
quite a few A	かなり多くのA
present oneself	現れる
provided that …	もし…なら
pull one's leg	からかう
remain to be done	do されずに残っている
remember doing	do したことを覚えている
remember to do	忘れずに do する

熟語	日本語訳
forget doing	do したことを忘れる
forget to do	do し忘れる
shake hands with A	Aと握手する
so far	これまでのところ
so to speak	いわば
still more A	ましてAは当然そうだ
still less A	ましてAなど全然〜でない
that is	すなわち
the last A to do	最も do しそうにないA
the moment …	…するやいなや
There is no doing	do することは不可能である
There is no use (in) doing	do することは無意味である
think better of A	Aを考えなおす（そしてやめる）
think much of A	Aを高く評価する
think twice	考えなおす
used to do	かつて do した
used to doing	do し慣れている
watch one's step	足元に注意する／慎重になる
What do you say to doing?	do するのはどうですか？
What if …	もし…だったらどうする
what is more	それにくわえて
What … like?	…はどんなもんでしょうか？
what we call	いわゆる
Why not?	いいね！（ダメなわけないだろ）
would rather do (than …)	（…よりは）むしろ do したい

ヌルフフフ素晴らしいですね

みなさんはこれで184もの基本の熟語をマスターしたことになりますよ

3-E レポート

さぁお前ら 疾風(ダンス)と踊ろうぜ!
英語のcliché クリシェ ～乗り物編～

発表者・吉田大成(よしだたいせい)

クリシェってのは英語でいうところの決まり文句なんだぜ。そん中でも乗り物関係のクリシェを集めてみたから。相乗りしてくか?

put the cart before the horse
直訳 馬の前に荷車を置く
意味 正しい順序、通常の順番をひっくり返して物事を行うこと

 日本語だと「本末転倒」ってとこだろうな。何事も正しい順序でやらないとダメってことだな…

rock the boat
直訳 ボートを揺する
意味 平穏を乱すこと、問題を起こすこと

 ボートは不安定だからな。ちなみにボート漕ぐんなら任せな。大抵の乗り物は大体動かせるからよ!

put one's shoulder to the wheel
直訳 肩を車輪に当てる
意味 熱心に努力を始めたり、必死に働きだしたりすること

 俺も高校卒業したら「肩を車輪に当て」ないとな。殺せんせーは今から努力しろとかうるせーけど

upset the applecart
直訳 リンゴ売りの手押し車をひっくり返す
意味 計画や取り決めを台無しにすること

 こりゃまぁ確かにその通りだわな。気に喰わねぇシロの奴の計画をご破算にした時は、スカッとしたぜ

when one's ship comes in
直訳 船が入ってくる時
意味 ひと財産できたら、もっと裕福な時代になったら

 殺せんせーの暗殺が成功した時は、ぜひ使いたいもんだな。最高にイケてるバイクを買うぜ、絶対に!!

On your bike!

直訳 自転車で行け!
意味 立ち去るよう命じる言い方

3-E レポート

奇人？ 変人？ 職人向け!?
英語の cliché（クリシェ）〜工芸編〜

発表者・堀部糸成（ほりべ いとな）

吉田より役立つ

あぁ!?

俺は機械全般のクリシェを集めてみた。本当はもっと身近な工作用語のを集めたかったんだが、ま、今回はこれを覚えてくれ。

All systems are go!
直訳 全システム準備完了！

意味 今すぐ行動を起こせる状態が整っていること。用意が整っている事態一般を指す

機械やロボットが出てくる映画などでも使われる表現だ。たぶん、律の起動時にも言われたはずだ

full steam ahead
直訳 エンジン全開で

意味 できる限り速く

よく「フルスピードで」とも言うな。こっちのほうが、メカメカしい表現をしているので好きだ

swings and roundabouts
直訳 ブランコと回転木馬

意味 あることで得しても、他で損をするから、結局差引ゼロになるということ

四字熟語で言うと「朝三暮四」が近い。結局、終わってみれば、損得はプラマイ0になるってことだ

a backseat driver
直訳 後部座席の運転手

意味 何の関係もないのに、しかも大抵は何の知識もないのに、あれこれ口出しをする人のこと

これはまさに寺坂（てらさか）の事だな。声がデカイだけでほとんど知識はない。まぁ、寺坂だから仕方ないが

あぁ~!?

get down to brass tacks
直訳 真鍮鋲に取り掛かる

意味 根本的な原則や問題に取り組み始めること

語源は、生地の寸法を測るため、等間隔に真鍮製の画鋲を打ちつけたことから。暗殺計画にも通じるな

back to the drawing board
直訳 製図板に戻る

意味 ある計画に関し、何かがうまくいかなくなり、最初に戻って状況を再検討しなくてはならなくなったということ

よろしくな おまえら 糸ノ

第6章
ギャンブルの時間

殺る気の出る格言

It is the supreme art of the teacher to awaken joy in creative expression and knowledge.

——創造的に表現すること、
　そして知識を得ることへの
　　喜びを呼び覚ますことが、
　　教師にとって最高の資質である。

Albert Einstein
アルベルト・アインシュタイン

理想の教育とは
こちらが差し出した教えが
つらい義務ではなく
貴重な贈りものだと
みなさんが感じられるように
なることなんですねぇ

6. ギャンブルの時間

「ただカジノったってさ、ここ一帯全部カジノだよな」

殺せんせーを追っている磯貝たちは、ラスベガスの中心街で呆然とした。

「どうする? 全部いちから回ってたらキリないよな」

千葉の言葉にみんながうなずいた。

「あのタコ、変装しても目立つじゃん。店の人に聞いたら、覚えてる人いるんじゃね?」

カルマのアイデアに渚が乗っかった。

「それ、いいと思う! じゃあさ、似顔絵描こうよ。口で説明するよりわかりやすいよ」

早速、渚はクロスワードパズルの裏に殺せんせーの似顔絵を描いていく。

「こういう時、菅谷がいればなあ……って、似てるな、おい」

千葉が驚くほど、殺せんせーの似顔絵はうまく描けていた。

「殺せんせーが単純な顔で良かったね〜」

ペンを握った倉橋が、その似顔絵の下に「WANTED」と書きこんだ。

プイ達はなるべく人が多そうな大きなカジノから順に当たっていき、ドアマンやセキュリティ、フロントの人に尋ねていった。四軒目のカジノで、有力情報に当たった。陽気なドアマンがたっぷりと目撃情報を語ってくれた。

「ああ、このデカい人ね、さっき来たよ！ そりゃあ、一度見たら忘れられないさ。こんな単純な顔、そうそういないだろ？ 体型も妙だったし、関節も曖昧だったし、忘れようったって無理だね」

ドアマンが笑いながら語るのを渚は複雑な気持ちで聞いた。

——国家機密なのにメチャクチャ目立ってるし——

ついに標的の居場所を突き止め、プイと磯貝達は暗殺に向けて気持ちが高まった。

"みんなで殺っちゃおうぜ!"

磯貝が気合を入れると、おー！ とみんなが応え、プイは拳を突き上げた。

カジノの遊びにはスロットや、ポーカーなど色々な種類があるが、殺せんせーはルールがわかりやすいルーレット台の一角に陣取っていた。その台には人だかりができていた。人だかりの原因は、殺せんせーだ。台の上では、殺せんせーの前にだけ大量のチップが積まれている。一人でバカ勝ちをしているのだ。
「ヌルフフフ、これぞ大人のギャンブル、大人のたしなみというものです。こないだのキャラメル箱はしょせん子供のお遊び。これが本物のギャンブルですよ」
　バカ勝ちに酔って言いたい放題の殺せんせーを、生徒達は冷ややかな目で見つめた。カルマは特に厳しい視線を送っている。
「こないだプイにコケにされてたくせに、よくあんな風に威張ってられるね〜」
「それにしてもあの台、すごい熱気だな。どうなってんだ?」
　磯貝はその場の熱気に少し当てられているが、カルマは冷静にその場の状況を見極めていた。
「ルーレットで大勝ちしてたら、自然と人が寄ってくるよね。ルーレットって完全にオープンなギャンブルだから、同じ

賭け方をして勝馬に乗ろうとする奴もいるし、逆張りを狙う奴も出てくるし。そりゃ、台は熱くなるわ」

　千葉は殺せんせーの様子をちょっとうらやましそうに見ている。

「でもさ、今日はツキがまわってきてるんだろ？　このまま勝ち続けるんじゃないの？」

「ツキがあることとギャンブルが強いことは別なんだよ。千葉もまだまだわかってないね〜」

　二人がギャンブルネタで盛り上がっているところに、中村が会話に割って入った。

「ねぇ、殺せんせーを殺るなら勝ってる今のうちが狙い目じゃない？　いま、警戒心ゼロじゃん。さっさと殺る準備しようよ」

"プイ、至近距離から殺る"

　プイはすでに殺る気満々で、気合の入った表情だ。

"俺は見晴らしのいいところからライフルで狙う"

　高い天井を見渡した千葉は、カジノフロア全体に張り巡らされた梁と中二階のスペースを確かめる。

"私と倉橋ちゃんはさぁ、変装で近づくのがいいんじゃない？　ギリギリまで近づきたいからねー。バニーガールになって

ドリンク運ぶわ。渚もどう?"

"やだよ!"

　渚はすぐに首を振った。

「みんな色んなこと思いつくね〜」

　自分はどうしようと考えていたカルマは、磯貝と目が合った。

「俺、プイと一緒に行くわ」

　磯貝の目にはいつもより固い決意が宿っている。

「お、磯貝、アツいね〜。んじゃ、俺がみんなの配置とタイミングを決めちゃうよ。渚君は俺を手伝ってくれない? ちょっとくだらねぇこと思いついたから、つきあってよ」

　渚はカルマの目が悪戯心で光るのを見逃さなかった。

"プイ"

　カルマはプイを呼ぶと、軽く耳打ちをした。

　ディーラーのロッカールームに侵入した渚は、途方に暮れていた。

「ディーラーの制服、簡単に手に入るってカルマ君言ってたけど、ウソだよね……」

　整然と並んでいるロッカーのほかには何もない部屋で、

制服はどこにも見当たらなかった。ロッカーの中を当たろうと一つ一つ開けようとしても、鍵がかかっている。
「どうしよう……」

　制服を探して部屋の奥にあるドアを開けると、そこはシャワールームだった。奥のブースから水の流れる音と、誰かの口笛が聞こえる。そして、入り口脇にあるハンガー掛けに、ディーラーの制服一式が引っ掛けてある。渚はセットを確認すると、ハンガーごと制服を拝借した。

　——すみません、後で返します——

　ドアを開けて出ようとすると、後ろから"待て!"と呼び止められた。腰にタオルを巻いた男が大股で追ってくる。急いで逃げようとしたが、手首を捕まえられて引きずるように投げられてしまった。男は出口を塞ぐように立って、渚に怒鳴った。
"さあ、返せ!"

　渚は制服のかかったハンガーを男の目の前に差し出した。男の手がハンガーをつかもうとした瞬間、渚はパッと手を放してハンガーを落とす。その行方を追っている男の鼻先にパチンと猫だましを見舞った。"なんだ!?"と男が混乱しているすきに、渚はハンガーを拾って男の股の

間をくぐり抜けてドアから逃げると、ロッカーを倒してつっかえ棒にした。男が開けようと扉をガタガタさせているのを耳にしながら、渚はカジノフロアに戻っていった。

「こないだプイ君と勝負した時はたまたま調子が悪かっただけですねぇ。本場のラスベガスでこれだけバカ勝ちすれば、みんなギャンブルが上手いと認めざるを得ないでしょう」

　ルーレットで勝ちが続き、得意の絶頂になっている殺せんせーは、あきらかに緊張が緩んでいた。その様子をプイと磯貝が観察している。

"プイ。殺せんせーの弱点の一つは巨乳に目がないことだ、覚えてるか？"

　プイが頷くと、磯貝はスッと歩き出し、賭けに夢中になっている客が脱いだジャケットをすばやく自分の上着とすり替えて羽織った。そして、ためらいなく別のテーブルにいた美女に声をかけた。

「カッコいいわー、磯貝」

　遠くから様子を見た千葉が感嘆する。磯貝はあっとい

う間に美女たちを連れて殺せんせーのテーブルに案内すると、目を丸くするプイのもとに戻ってきた。

　カルマと千葉はカジノフロアを見渡す階上のVIP席に陣取っていた。
「カルマ、早く終わらせようぜ。"日本の富豪の息子"なんて嘘言ってVIP席占領しちゃって、そのうちバレるって」
　狙撃用の穴をあけ終わった千葉がスコープ越しに殺せんせーの様子をうかがいながら、カルマに話しかけた。
　磯貝が連れてきた美女のうち、大きく胸の開いた赤いドレスを着た美女は特に積極的で、勝ちつづけている殺せんせーに腕をからませてきた。殺せんせーは彼女の胸元を覗くと、とたんにデレデレになった。
「だらしねー顔してんなー。相当隙だらけじゃね？」
「千葉、チャンスあれば、いつでもいっちゃっていいよ。それにしても渚君遅いなあ」
　殺せんせーのいる台の熱気はさらに高まり、殺せんせーのチップは増え続けている。
　カジノのバックヤードに忍びこんだ中村と倉橋は、広いドレッシングルームに入りこんだ。人の出入りが激しい上

に、皆急いで化粧をしたり着替えたりするのに夢中になっていて、戦場のような騒がしさだ。二人はその騒がしさにまぎれて自然に振る舞い、衣装を物色した。

「お借りしますよっと」

　中村と倉橋は何食わぬ顔でバニーガール姿に変身してドレッシングルームを出た。

　殺せんせーは6回連続赤に賭けて勝ち続けていた。周囲の客は逆張りを狙う者が多く、見事にチップを持っていかれ、悔しがっていた。

「いやいや、これだけ勝ち続けるというのもなかなか体力がいるものです。興奮してノドが乾いてしまいました」

「中村、今」

　VIPルームのカルマがモバイル律で指示を出した。

"お嬢さん、ドリンクを"

"どうぞ"

　バニーガール姿の中村が殺せんせーの背後からグラスを差し出した。

"ありがとう、いただきますよ"

　グラスの中身をさっそく口に流しこむ。

「ふう、ここのドリンクは美味しいですねぇ。喉が潤います」

　すると、殺せんせーの頭から、ボコボコと短い突起が無数に生えた。そのせいで変装のカツラが浮き、ズルッとズレた。隣の美女はカツラのズレに一瞬ギョッとしてまじまじと殺せんせーの頭を見つめたものの、すぐに澄ました顔に戻った。周囲の客は負け続けでカッカしていて、殺せんせーの頭の変化は眼に入らなかった。

「莉桜(りお)ちゃん莉桜ちゃん、うまくいった?」

　同じくバニーガールに扮した倉橋が中村に尋ねた。

「それがね、受け取ってくれたんだけど、カツラがズレただけだった。ちぇ」

「そっか、残念〜。じゃ、次は私行くね」

　倉橋がトレイを持ち上げた。

　カルマは、殺せんせーの毒殺結果を見下ろしてがっかりしていた。

「奥田(おくだ)さんの新作毒物、やっぱ効かなかったかぁ。あのタコに効く毒って、本トに存在すんのかなー」

　ディーラーがホイールにボールを投入し、“ベット”のコールをすると、周囲の客の視線が殺せんせーに集まった。

"ヌルフフフ、今度はどこに賭けましょうかねぇ。ここは一つ、赤に連続で賭けてみましょうか"

　チップの山すべてを触手でずいっと赤の枠へ押しこもうとする。その大胆な賭けっぷりに、"おお"とどよめきが起きた。周囲の客は殺せんせーの動きに合わせて賭け始める。
"いえ、やはりここは潮目の変わり時と見て、黒にしましょうか"

　チップの山を横にずらそうとすると、順張り逆張りを狙っていた客たちは慌てて賭ける場所を変更しようとする。客の動きと殺せんせーの動きを見極めた千葉が引き金を引いた瞬間、
"いえいえ、赤ですねぇ。赤に決まってます"

　再びチップを移動。その際に殺せんせーの頭が動き、弾は背後を通過して遠くの床に着弾した。千葉は舌打ちをして悔しがった。
「俺の存在がわかっているのか、それとも本能でかわしたのか……あんな状態なのに、やっぱり当たる気がしない」

　殺せんせーは狙撃されたことをまったく気にしてない様子だ。
"いやあ、注目されるって気持ちいいですねぇ"

翻弄された客たちは、殺せんせーのドヤ顔に殺意を抱いた。

　渚がディーラーの制服を持ってVIPルームに入ってきた。
「カルマ君、持ってきた。大変だったよ……」
「サンキュー、渚君。タコに一泡吹かそうぜ」
　カルマはニタッと笑った。

　警備員に見つからないように、周囲の客に不審がられないように、プイと磯貝は気配を消して待機している。緊張した表情の磯貝は、自分を落ち着かせようと時計を見つめていた。

"交替の指示だ。お疲れさん"
　殺せんせーのテーブルでは、新たなディーラーが前任のディーラーをねぎらっていた。

　殺せんせーのテーブルを凝視していたプイ。ふと自分の周りを見ると、裕福で充実した目をしている客がたくさんいる。おそらく、カジノを出たら、たくさんの人に必要

とされる仕事に戻っていくのだろう。プイは一瞬視線を落とし、それから磯貝の横顔を見た。

"イソガイ"

"何?"

"プイ、本当はスーツを着て海外を飛び回る仕事がしたかった。ナイフじゃなく、知識や技術を武器にしたかった。でも、プイには何もない。そこらへんの草木を武器にして人を殺す。プイにはそれしかできない。これは本当に胸を張れる仕事か?"

　磯貝はプイの顔をじっと見た。

"英語があるじゃん"

"え?"

"今のプイは、英語で俺らとコミュニケーション取れるじゃん。今俺らとやってるみたいに。それって立派な武器だぜ。すごい可能性、広がったよ"

　磯貝の言葉が雷のようにプイを打った。

"そうだな。プイ、アメリカ人と会話した。おかげでここに着いた。プイ、もう新しい武器を手にしていた。イソガイ、ありがとう。ありがとう"

　プイに力強い調子でお礼を繰り返し言われて、磯貝は

胸が熱くなった。

"お礼は殺ってからだよ、プイ。行くぞ、俺は殺せんせーの前から、プイは背後から忍び寄る。いいな？"

"待て"

プイは懐から小さな木片を取り出した。

"これ、プイがつくったナイフ。イソガイにやるから、これで背後から殺ってくれ。プイ、前から行く"

磯貝は小さな板を受け取った。側面に小さな突起がある。磯貝がそれを指で押すと、するどく尖らせた対先生刃が飛び出した。

"うわっ、すごいな。いつのまにこんな仕こみをしてたんだ。これ使っていいのか？"

"ああ。プイには、プランがある。カルマも位置についた"

プイはルーレット台の方をちらりと見た。

"わかった。必ず成功させようぜ"

プイと磯貝は軽く拳と拳を合わせると、それぞれの持ち場に散っていった。

袖にナイフを忍ばせ、殺せんせーの背後から忍び寄った磯貝はやっとの思いでルーレット台にたどり着いた。先

ほどの勝負にも勝った殺せんせーは両手に花状態で、赤いドレスの美女だけでなく、反対側の触手を黒のドレスの美女にからめとられ、鼻の下を伸ばしてデレデレしている。そのだらしない有様にイラッとしながら、磯貝はチャンスをうかがった。

「ヌルフフフ、カジノ側も大勝ちしている客に困り果てて、ディーラー交替でテコ入れしてきましたね。いいでしょう、受けて立とうじゃありませんか」

「そこのバカヅキしてるお客さん、いつまで勝ってられると思ってんの？ 随分遠回りさせてくれたじゃない。やっとここまで来たよ」

　新しいディーラーが日本語で話しかけてきた。殺せんせーはその言葉にはっとしてディーラーの顔を見た。

「にゅやッ！　カルマ君!?」

　ディーラーの制服を着たカルマは、悪魔のような笑みを浮かべた。

「ルールはわかってるし、やり方は今見て覚えたから安心しなよ」

　ありえないはずの状況に、殺せんせーの顔には冷や汗がにじんだ。

「ど、どういうつもりですか!?」

「もちろんギャンブルで勝負しに来たんだよ。殺せんせー、俺がどんないたずら仕掛けるか、気になるっしょ？　そのプレッシャーの中でも勝ちつづけられるか、お手並み拝見だね〜。まぐれで勝ちまくってるのにギャンブルの天才って勘違いしちゃってるその鼻柱、へし折ってやるから。あ、鼻柱なかったっけ」

　カルマはペロッと舌を出した。

「ぐぬぬぬぬ……」

　殺せんせーは今まで歩み続けていた連勝街道に暗雲がたちこめるのを感じて、渋い顔になった。

"みなさま、私にひとつ提案があります"

　カルマはディーラーになりきってその場を仕切り始める。チップを回収するためのT字状の棒を指先でくるっと回して、慣れている風を装った。

"強運の持ち主に敬意を表して、次の勝負は勝ち続けていらっしゃるこの方(ハイローラー)とディーラーの一対一の賭けにしたいと思うのですが、いかがでしょうか？"

「おおお!」

　負けがこんでいる客も、ありえないツキに興味津々(しんしん)の

取り巻きも、オモシロ半分にすぐさま賛成した。

「ねぇ、チキンって言われたくなかったら、勝負に乗ってきなよ。ここで逃げたら、こいつらにバカにされちゃうよ?」

　カルマは日本語で殺せんせーを挑発する。

"い、いいでしょう。その勝負、乗ってやろうじゃありませんか"

　殺せんせーはカツラを直しながら英語で言い切った。思惑通りの展開にカルマはニヤリとして、客に向かってお辞儀をして、イタズラそうな笑みを浮かべて言った。

"ベット"

　一対一の大勝負を目の前に、殺せんせーはテンパって、もう赤か黒かじっくり選べなかった。　そんな時に渚がスッと寄ってきてささやく。

「殺せんせー、イカサマなんかはしてないよね?　教師がギャンブルに夢中になってる姿、みーんな頭上(アイオンザスカイ)の監視カメラが録画しているからね」

「にゅやああああ」

　殺せんせーは、震える触手でチップを全部黒枠に押しこんだ。周囲がどよめく。殺せんせーの斜め正面から腰を落として近づいていたプイは、殺せんせーの状態を確

認していた。

　——両側に巨乳、賭けに夢中——イソガイ、今がチャンスだ!——

　磯貝は人の垣根をかいくぐるため、かがんで殺せんせーのいる台へと接近した。ディーラー役のカルマは、磯貝とプイの動きを目の端でとらえながら白い球をホイールに投げこんだ。

"ベット"

　カルマはもう一度コールすると同時に、後ろに控えているプイに指でGOサインを送った。すると、この勝負の行方を見届けたい客達がいっせいに台へ殺到し、磯貝が潜りこむ隙間がなくなってしまった。

　——これじゃナイフが届かない——

　磯貝が客に踏み潰されそうになるのを立ち上がって回避すると、人の垣根の向こうに殺せんせーの大きな後ろ頭が見えた。ナイフを投げようと振りかぶるが、後ろの客に腕が当たってナイフを取り落としてしまった。

　——しまった!——

　腕を当ててしまった客と磯貝が揉み合いになった。ちょっとした騒ぎになり、客達の視線が集まった。

その騒ぎに磯貝の失敗を目視したプイは、激情に駆られた。

　――あの頭を殺らなければ、家族が殺られる！――

　両手を合わせて祈りをこめてから、プイはポケットにあった球体を右手でつまみ上げた。指で最大の射出速度を得られるように特別に作った、大粒の対先生弾。師から授かった最強の奥義を指に備え、カルマの陰から素早く飛び出した。

　――届け！――

　空中に跳んだプイの目には、殺せんせーの頭が無防備に映った。プイの人差し指が対先生弾を弾き飛ばす。弾は鋭い勢いで、まっすぐ殺せんせーに向かった。

　カツンッ

　殺せんせーの触手が、カツラの下からチップをつまんで引き出した。殺せんせーの頭を貫くはずの弾は、チップに跳ね返されてルーレット台へと飛んでいった。

――そんなっ……ありえないっ!!――

　プイはスローモーションのようなその光景をとらえながら、バランスを崩して床に倒れていく。
"おや、一枚賭け忘れていましたねぇ"

　殺せんせーは飛んでいくプイに向かって余裕の笑みを見せた。近くで待機していた渚が死角からナイフで突いたが、殺せんせーはそれも難なくかわした。その間にプイの放った渾身の対先生弾は回転力を失っていくルーレット台のホイールに飛びこみ、赤のポケットに落ちた。同時に、カルマがコールして投げ入れた球は黒のポケットに落ちる。カルマは暗殺で周囲が混乱している隙にホイールにさっと手を伸ばして黒に入った球を抜いた。

"赤の13"

　カルマはすかさず賭けの結果をコールする。次々と迫る暗殺をかわして得意げになっていた殺せんせーが、真っ青になった。
「な、なにかの間違いです。これは何かの間違いです!!!!!」

　そんな殺せんせーには目もくれず、カルマは涼しい顔で殺せんせーのチップの山をT字状の棒でさらって手を挙げた。

「今だよ、みんな」

「にゅや————ッ！　死ぬ———っ!!」

　テーブルに突っ伏して騒いでいる殺せんせーに向かって、カルマの合図を機に磯貝が拾い上げたナイフを投げる。しかし、殺せんせーの涙を拭くハンカチにキャッチされた。

「うわあああ」

　殺せんせーはカルマと中村の鋭いナイフ攻撃を命からがら避けた。千葉も狙いすました銃撃を行うが、嘆き悲しむ殺せんせーのくねくねした変則的な動きに全てかわされた。銃弾が尽きた千葉は、どっと疲れてその場にうずくまった。

「また失敗か……ちくしょう」

　恐らく今月の給料の残りを全て使い果たしたのだろう。死ぬ死ぬとわめく殺せんせー。

「これってある意味、暗殺成功……？」

　疲れ切った渚の頭を、そんな考えがよぎった。

to be continued...

基礎単語 29

of

もう6章だけど、ついて来れてるー？ ofもなかなか大変だけど頑張ってね。

実はofはまとめにくいんだよね。けど、まず**ofに「場所」の意味はないよ。で、A of Bは「BのA」って覚えるだけじゃよくわかんないでしょ？** だから、A of Bっていったら、「**AはBの一部分**」だ、ってイメージが浮かぶと良いんだよね。the roof of the houseだと、「その家の屋根」ってことだけど、屋根と家って**一体化**してて、屋根は家の**一部**でしょ？ そういう感じ。さらに、家は屋根を「**所有**」してる、とかね。

あと注意したほうがいいのは、**offの意味と重なるところがある**ってこと。これは（out）ofみたいにoutが隠れてるって感じなんだけど、まぁ順番に殺ってみればいけるよ。

担当：E-1
赤羽　業（あかばね　カルマ）

部分
これが上で説明したフツーの of ね。まずここで慣れるといいよ。ちょっと簡単すぎるかな。

He is **one of** the best teachers.	彼は最高の先生**のひとり**だ
I'm interested in those **kind of** things.	俺、そういうのに興味あるんだよねー
What kind of a creature is he?	あいつは**どんな種類の**生き物なんだろう？
She has seen **much of** life.	彼女は世間を**たくさん**見てきている
each of you / every one of you	めいめい、それぞれ
either / neither of the two	どちらでも、どちらも〜でない
He is **something of** an assassin.	彼には暗殺**の資質がある**
I know **some / many / a few of** them.	彼らのうち**何人か、たくさん、すこし**は知っている
one third of the price	その金の**3分の1**

分数の表記の仕方はわかるー？ 分子が先で、分母は序数で書くよ

He is a giant **of** a man. 彼は巨人のような大男だ

所有・形容

「形容」のほうは、1、2文めがわかりやすいよ。of + 抽象名詞で形容詞みたいになるんだよね。

My classmates **are of** high **capability**. うちのクラスは皆かなりデキる

be of capability で capable って形容詞の意味になってるのわかる―？ 次のもそうだけど、of + 抽象名詞＝形容詞ってパターンは出てきたら応用が利くようにしとこうね

He is **a man of** no **importance**. あいつは重要なヤツでは全くないけど

To develop through adversities is **typical of** our class. 逆境で成長するというのがうちのクラスの特徴だ

He **is more of a** teacher **than a** villain. あいつは悪役というよりは先生だ

I consider the matter **of no consequence**. そんなのはどうでもいいことだと思う

This room faintly **smells of** weed. この部屋はかすかにハッパの匂いがする

Of course, I **was cautious of** everything *except your bare hand.*

I'm of the same opinion. 俺も同じ意見

The same **was true of** this time. 同じことが今回のことにも当てはまった

They **are** all **of** an age. 彼らは同い年くらいだ
a size. 同じくらいの背格好だ

I have the room **of my own**. 自分の部屋をもっている

» of

the invention **of** solitude　　孤独の発明

これ英語も日本語も同じで、孤独「を」発明するのか、孤独「による」発明なのか、これだけじゃ不明なんだよね。そういうこともあるってことは知っておいたほうがいいよ

He is **a friend of mine**.　　彼は俺の友達だ

I always wanted to visit the city **of** New York.　　ずっとニューヨークという街には行ってみたかった

について
ちょっと変わって、これは about とかと似てるかな。「所有」の意味もちょっと意識すると良いかもね。

Let's **talk** [**speak**] **of** the plan.　　計画について話そう

I happened to **hear of** something funny.　　たまたま、ちょっとおもしろいこと聞いちゃったんだ

hear from と区別してねー。こっちは「連絡・音信がある」って意味だよ

We didn't know what to **make of** the strange letter.　　変な手紙の内容をどう理解したらいいのかわからなかった

He **reminded** me **of** my former teacher.　　彼は俺に前の先生を思い出させた

Our teacher did not **approve of** arrogancy.　　せんせーは高慢を容認しなかった

He **assured** us **of** his winning.　　彼は必ず勝ってみせると俺たちに請け合った

I shall **convince** you **of** the difference between us.　　俺らの格の違いってやつを思い知らせてあげるよ

I will **take care of** the matter.　　ここは俺がなんとかする（面倒を見る）よ

I took **advantage of** his post as a teacher.　　俺はあいつの教師という立場を利用した

Doesn't that mean you're just **afraid of** getting killed?

思いついた！原さんは助けずに放っとこう!!

I came to **think of** a good idea! Let's leave her and let her wait!

He **is fond of** (= **likes**) drinks with queer tastes. 彼は変な味の飲み物が好きだ

I **was aware of** the fact that I had been slack in my daily study. 自分が日頃の勉強をサボっていたことぐらいはわかっていた

I was **ignorant of** the fact that losers also have their own story. 敗者にも敗者なりの物語があるってことを知らなかった

I **am proud of** my mischiefs. 自分のイタズラには自信を持っている

これの書き換えはマジで頻出。be proud of = take pride in = pride oneself on だよ。全部前置詞が違って嫌らしいよね

I **was ashamed of** the results of the exams.
テストの結果が恥ずかしかった

I'**m sure of** our success. 自分たちの成功を確信している

He **is** probably not **tolerant enough of** my provocation. あいつたぶん俺の挑発に我慢できないと思うよ

Oops, sorry. My foot seems to have kicked you **of itself**. (= **spontaneously**) あっとゴメン、俺の足が勝手に蹴っちゃったみたいだね

He was studying **of his own accord** during the summer vacation. (= **voluntarily**) 彼は夏休み中、自らすすんで勉強していた

起源・原因 これが out of の意味とかに近いやつね。違うのもあるけど。

I'm **dying of** boredom. 退屈で死にそうだ

» of

What has **become of** him?	あいつどうしたの？
Don't **accuse** people **of** your own mistake.	自分の過ちを人のせいにすんなよ
I did not **suspect** our teacher **of** the theft.	俺はせんせーが泥棒だなんて疑わなかった
May I **ask** a favor **of** you?	ちょっと頼みごとしていい？
Shall I **inform** you **of** his secret?	あいつの秘密、教えてあげようか
The policeman **inquired** [**demanded**] me **of** my name and address.	警察が住所と名前を訊いてきた
I'm sure I can **get the better** [**the upper hand**] **of** him.	彼には間違いなく勝てると思う
All complicated phenomena **consist of** finite elements.	どんなに複雑な事象も有限の要素からなっている

> be composed of, be made up of, とかの言い換えも覚えてね。あと consist in の意味との違いは覚えてるー？(→ 90ページ)

These suits **are made of** new material.	このスーツは未知の素材でできている
I will **make a man** (out) **of** you.	お前を一人前に仕立ててやろう
It is kind of you to make me this!	(親切に) 作ってくれてありがとう

除去

これは off とかなり近いね。意味的には off でもいいんだけど、熟語として定着してるから of を使ってるみたいな感じ。

So it will do him better to **get rid of** them.	だから、それを取り除いてあげたほうがいい
clear the floor **of** the BBs	床に散らばったBB弾を片づける
Those tentacles have **deprived** him **of** a great amount of energy.	その触手は彼から莫大なエネルギーを奪っていた

> この of は意味的には from の意味とも近いよね〜 (→ 242ページ)

We must **cure** them **of** the poison.	あいつらの毒を治さないと
This drug will **relieve** you **of** anxiety.	この薬を飲めば心配事もなくなるよ〜

We are yet **independent of** our parents. 俺たちはまだ親**から独立**してはいない

対義語は depend (up)**on** だよ。
前置詞かわるから注意ね(→ 22 ページ)

通報してもすぐ解決はしないだろうね

…ていうか俺に直接処刑させて欲しいんだけど

Even if we call the cops I doubt they'll solve the problem soon. Actually, let me **dispose of** them myself.

その他の表現　ここにあるのは意味的には簡単だよー。ちゃちゃっと殺って次いこーぜ。

ahead of A	Aの前方に
regardless of A	Aのことを考慮に入れずに
Speaking [Talking] of A,	Aといえば、
wide of the mark	見当違いで
come of age	成人する
a couple of A	一組の／2,3個のA
a number of A	たくさんのA
a piece of A	ひとつのA
a variety of A	いろいろな種類のA
a body of men	大勢の人々
a herd of cattle	牛の群れ
a flock of sheep	羊の群れ
hundreds of people	何百人もの人々

面倒臭がらずに辞書を引くといいよー

基礎単語 30

by

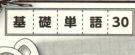

よっしゃ！ byを担当するぜ！
　byの基本イメージは「**近くに**」って感じだな。He's standing by the window.っていうと、「彼は窓の**近くに**立っている」ってことだ。余裕だろ？ちょっと**at**とか**near**に似てるよな。
　もうひとつ有名なのは「**手段**」の意味。これは**with**と似てるけど、withはもっとモノとしての「道具」の時に使うな。
　それから「**単位**」のby。これもあとあと説明するから、とりあえず殺ってこうぜ。

担当：E-3
岡島大河
<small>おかじまたいが</small>

近く
これは垂直方向の「近く」には使えないんだってよ。だから「横」って感じになることが多いな。

You can **lie by** me.	隣に寝ていいわよ
walk **side by side**	並んで歩く
pass by an assassin	暗殺者の**近く**を通る

「通行人」という意味のpasserbyは、複数形になるとpasser**s**byって変化するから気をつけとけよ

She sells seashells **by** the seashore.
彼女は海辺で貝殻を売る

早口言葉だぜ。
言えるかー？

従う
ひとつめの例文が「従う」の意味としてはわかりやすいけど、byはnearよりも「親密」な感じがすんだよな。3つめとか。

Stand by me.	そばにいてね（→味方をしてね）
He **lives by** his principles.	彼は自分の主義に**従って**生きる
In my profession, how to **abide by** the law is a big problem.	俺の職業にあっては、いかに法を**遵守する**かが大きな問題となる

手段

左で説明した感じだけど、熟語としてまとめて覚えちゃったほうがラクなのも多いぜ。

- go to Kushiro **by** train　　電車で釧路へ行く

  これは train とか乗り物の前に a とか the とか冠詞がつかないことが多いんだよな。**on foot**：徒歩で、も覚えとこうぜ

- **by way of** Sapporo　　札幌を経由して
- What does he **live by**?　　彼の仕事は（何で生計を立ててるの）？
- take a picture **by means of** a radio-controlled car
  ラジコンを使って写真を撮る

- Eroticism is **by no means** vulgar.
  エロは低俗なものでは全くない

- We must kill our teacher **by all means**.
  あらゆる手段を使ってせんせーを殺さないといけない

- He **knows** all the students **by name**.
  彼は生徒みんなの名前を覚えている

- Do not **judge** a book **by** its cover.
  人（本）を見た目で判断してはいけない

Alright! Let's scout inside the skirts of all the girls **by March** with this tank!

- take a man **by** the hand　　（人の）手をつかむ

  英語では、こういう「前置詞＋**the**＋体の部位」って言い方をするらしい。よくわかんねーけど覚えるしかないな

- **by way of trial**
  by way of experiment　　試しに

» by

by virtue of honesty　　正直である**おかげで**（= thanks to）

take our teacher **by surprise**　せんせーに**不意打ちを喰わせる**

単位・時間・誤差
この見出しはちょっとめんどくせーしわかりにくいかも知れないけど、例文を見れば理解できると思うぜ。

Eggs are **sold by** the dozen.　卵は12個**単位で**売られる

> 「単位の by」は他にも言い方たくさんあるぜ。by + hour/day/week/month/pound とかとか。辞書も見とこうな

He **is my** senior **by** three years.　彼は私**より**3才**年長**だ

> byで年齢差を言う表現はよく見るぜ。than で書き直せば、He is three years older than I (me). ってとこだ

We **missed** killing him **by** half a second.
あと0.5秒の差で彼を殺しそびれた

Do a paper **by** tomorrow.
明日**までに**レポートを書きなさい

その他の表現
ちょっと多いけど重要なのばっかだぜ！　面白い例文作ったから覚えてくれ！

How did they **come by** such abilities? (= **obtain**)
あいつらあんな能力をどうやって**身につけたんだ**

> この come by は「手に入れる」って意味だぜ！

What if, **by any chance**, we get thirty billion yen?
もし300億円手に入っちゃったらどうする？

> by any chance は、疑問文を強調する「ひょっとして」みたいな意味なんだ

By and large, humans are horny.
概して人間とはエロいものである

He's horny **by nature**.
彼は**生まれつき**エロい

This magazine is better than that **by far**.	この雑誌はあっちのよりはるかに良い
He has to deal with the situation just **by himself**.	彼は一人っきりで事態に対処しなければならない
drop / **stop by** the chief director's office	理事長室に寄る 口語では drop in とも言うらしいけどな！

by degrees	徐々に
step by step	一歩一歩、着実に
by mistake	間違って
by accident	偶然に、間違って
by chance	偶然に
by now	今ごろは（もう〜になっている）
By the way,	ところで、
Stand by!	用意（せよ）！

基礎単語 31 – 32

between　among

betweenとamong、変な組み合わせだなーと思ったかも知れないけど、まずは例文を見てみてほしい。
an alien **between** two earthlings
→2人の地球人に**挟まれた**宇宙人
an earthling **among** aliens
→宇宙人に**囲まれた**地球人
これでなんとなく、この2つが似てることがわかるだろう？ **2つのモノの間に**あるとbetween、**3つ以上のモノの中**だとamong、ってイメージを持てばまずオッケー。
で、これは「挟まれているほうのモノ」に注目した言い方なんだよな。つまり、「挟んで／囲んでいるモノ」の方に注目した表現もあるってこと。順番に見ていこうぜ。

担当：E-2
磯貝悠馬（いそがいゆうま）

》 between

の間に
最初の例文はわかりやすいだろう？　位置関係だけじゃなくて、時間にも使えるぜ。

- I'd like to make use of Shinkansen **between** Tokyo **and** Osaka.
  東京と大阪の間は新幹線を使いたい

- read **between** the lines
  行間を読む

- My part-time job will be over **between** six **and** seven o'clock today.
  今日のバイトは6時から7時のあいだに終わる

- They are **between jobs**.
  彼らは失業中だ

区別・分配
「挟まれたモノ」があるってことは逆に、「挟んでいるモノ」同士は離れていたり別々だったりするってことになるだろ？

- the **difference between** mackerel **and** goldfish
  アジと金魚の違い

tell the difference between A and B は from を使って言い換えられるんだけど、わかる？　tell A from B だけで、「A と B を区別する」って意味になるんだよね。from は次の章な！

Let's **divide** the thirty billion yen **between us**.　　300億円は俺たちで山分けしようぜ

> この us は2人以上でも使えるんだってさ。日本語でも、「俺たちの**間で**」とか言った時「俺たち」は2人以上かも知れないよな。

関係・信頼
これは「AとBの間」が「AとBの関係」っていうふうに、ちょっと抽象的になった感じだよな。

🗡The pole war was literally a war **between two classes**.　　棒倒しは文字通り2クラス間の戦争だった

Can't you keep this **between the two of us**?
このことは2人の秘密にしておいてくれないか

Choose between facing your ruin by yourself or taking your classmates with you. The choice is up to you, Mr. leader of class E.

» among

包囲・範囲
「挟む」から「関係」へ、みたいな between の流れとすげー似てるんだよな。最後の2個だけちょっとムズいけど！

● He stands out **among the class** in many respects.　　彼は多くの点においてクラスで目立って（秀でて）いる

That is common sense **among handsomes**.　　それはイケメンの間では常識だ

Our teacher is **a teacher among teachers**.　　俺たちのせんせーは、教師の中の教師だ

You can **divide** the thirty billion yen **among you**.　　君たちは300億円を山分けすることができる

🗡Let's accomplish this mission **among us**.　　この任務は俺たちだけの力で達成しようぜ

🗡**Among other virtues**, he has that of unselfishness.　　他の（多くの）美点に加えて、彼は利他的でもある

基礎単語 33 about

はい、それじゃaboutの時間を担当するね。全然難しくないから、サクっと殺ってこう。

基本イメージはabout Aで「**Aのまわりに**」ってこと。**aroundと一緒**よ。aboutっていうと「**だいたい**」って思う人が多いと思うけど、これも「**完全にAじゃないけど、Aのまわりにあって、だいたいAくらい**」って感じなのね。

つぎに大事なのは、「**Aについて**」っていう意味。これもやっぱり「Aのまわり」っていうイメージから来てると思う。

担当：E-6
片岡メグ

～について
これは on にも似てるけどね。「話題」っていうニュアンスを出すときには about が一番しっくりくるみたい。

think about the matter	その問題**について**考える
Everybody's **talking about** class E recently.	さいきんはみんなE組**について**話している
Don't **worry about** your grades.	成績の**心配はするな**（成績なんて**気にすんな**）
How about we try killing our teacher under water?	せんせーを水中で殺すっていうのは**どう？**
I'm a little **concerned about** her.	彼女のことが少し**心配**だ
My teacher is **particular about** our manners at the poolside.	私たちのせんせーはプールサイドでのマナー**に小うるさい**
There's no good to **complain about** it. Let's do it.	文句言っても仕方ないじゃん。やろうよ

あちこちへ、ぐるりと
これはある「中心」の回り、って感じより、もっとランダムな動きを表すよ。

We **hanged about** (at) Yasaka shrine.	八坂神社**をぶらつく**
wander about the world	世界中**を放浪する**
You must **look about** you.	周囲に目を配れ

She **turned about** cautiously. 彼女は注意深く後ろを振り返った

生じる、始める
これは覚えてないとわかりにくいと思う。私は、これまでの流れからだと3つめの例文がとっつきやすいと思うな。

- His education **brought about** a dramatic change. 彼の教育は劇的な変化をもたらした
- How did the accident **come about**? どうしてそんな事故が起こったの？

I'd better **be about** my homework. 宿題しなきゃ

✏️ Be quick **about** it! ほら、さっさと（とりかかりなさい）！

✏️ But I was just **about to** do it! 今やろうとしてたのに！

✏️ **Go about** your own business! 自分のやるべき仕事をやれ！

Mind your own business! 自分の仕事に専念しろ（お前には関係ない）！ って言い方も覚えておくといいよ

Um... th-this is fish kingdom!! Come **swim about** with us!

えーとここは魚の国!!

さぁ私達と一緒に泳ごうよ！

だいたい、その他
上のに分類できなかったわけじゃないんだけど、ちょっと別個で覚えたほうがいいかなーってのをまとめたよ。

- **It's about time to** beat class A. そろそろA組をぎゃふんと言わせようぜ

Yeah, **that's about right**. うん、だいたいあってるよ

- There is **something** unusual **about** him. 彼にはどこかしら変わったところがある

  something 形容詞 about 人で、「人には〜なところがある」って意味で、すごくよく見かけるよ

It's **all about** the money. 結局、お金なんだよ

3-E レポート

地理も同時に学べちゃう!?
英(エロ)単語 地球紀行

発表者・岡島大河(おかじまたいが)

この俺が世界中を妄想しながら見つけたエロい地名の数々、お前らにも教えてやるぜ。誰よりエロい俺だから知ってる、エロは世界中に溢れてるってな!

Scheveningen
スケベニンゲン(オランダ)

オランダのリゾート地で、ヌーディストビーチがあるらしいぜ。ご同類がたくさんいそうだな!

Sultanate of Oman
オマーン国

この響きだけでもう…すげーエロい。詳しく語れないのが心苦しいが、お前らもわかるよな!?

Siliana
シリアナ(チュニジア)

アフリカでこの地名を見つけたときは俺も思わずつっこんだね。「直接的すぎるだろ!」ってさ

Kintamani
キンタマーニ村(インドネシア)

観光地でも有名なバリ島にある村だ。この村は大切にしなきゃいけない気がする…男として!!

- Kingdom of Saudi Arabia / サウジアラビア
- Republic of India / インド
- Atlantic Ocean / 大西洋
- Indian / インド洋
- Republic of South Africa / 南アフリカ

Panti
パンティ山（マレーシア）

パンティを積み重ねてできた山…じゃないぞ!? マレー半島の先端あたりに本当にある山なんだ!!

Erromango
エロマンゴ島（バヌアツ）

結構有名だから知ってるだろ？ エロ本でいっぱいなんだろうなって男なら誰もが想像するよな!?

Eloy
エロイ（アメリカ）

アリゾナ州の南にある町だ。きっと俺たちみたいなエロい奴らばっかりが住んでる町なんだろうな！

Boyne City
ボイン・シティ（アメリカ）

ついに俺は楽園を見つけたぜ!! きっと巨乳の女の子がたくさんいるはず。俺は将来ここに住むぞ!!

Arctic Ocean 北極海

- Russian Federation ロシア
- Canada カナダ
- Japan 日本
- People's Republic of China 中国
- United States of America アメリカ
- The United Mexican States メキシコ
- Commonwealth of Australia オーストラリア
- Federative Republic of Brazil ブラジル
- Argentine Republic アルゼンチン

Pacific Ocean 太平洋

Southern Ocean 南極海

3-E レポート

相手にナメられるな!? トドメの一言で使う!?
挑発英語 Returns

発表者・赤羽業(あかばねカルマ)

このページでは、英語を話す相手に対して、挑発したり、おちょくったりしたい人にオススメの英語を紹介するよ。でも、挑発した後のことは自己責任ね〜!

...Sorry, I don't get it.

（ごめん／ちょっと意味わかんない）

● 使いどころ

相手が必死になって説明している時がオススメかな。下から覗き込むようにして顔を近づけるのは、どんな言葉でも使える動きだね。

Classic.

（マジ／傑作だわ）

● 使いどころ

ちょっとしたことでも大きなことでも、相手が何か失敗した時に言ってあげると良いよ。相手のイラつき度がどんどん上がっていくからね。

Whoa whoa, calm down bro, chill.

●使いどころ
「そんなことで興奮すんなよ？ 俺は全然冷静なのにさ」っていう、相手との温度差をあえて強調する言葉だね。相手は必ずイラッとするよ。

Jeez, you're really useless.

●使いどころ
この言葉を使う時は、相手も少なからず失敗したことに対して負い目みたいなものを感じているはずだからね。ため息とあわせると良いかも。

Come on, try and take it easy.

●使いどころ
すぐ緊張したり、常にテンパってるヤツって、あんまりカッコよくないよね。「お前はそういうヤツなんだよ」って間接的に言う言葉。

What a chatterbox.

●使いどころ
喋ってばっかで全然行動に移さないヤツ、全然ケンカを始めないヤツに有効かな。オレたちのクラスで言うと寺坂みたいなヤツ？

Don't worry, it doesn't matter to you.

●使いどころ
相手から「関係ない」って言われると、"蚊帳の外"感をめちゃくちゃ味わうからね。今は一緒にいるけど、全然違う種類の人間なんだよって、キツいよね。

挑発英語 Returns

You do have your tendencies, don't you.

あー 君ってそういうとこあるよね

●使いどころ
「ちょっとした失敗なのに」って時に言われるとイラッとするんじゃないかな。追い討ちで使うのも効果的かな。

Well, that was predictable.

いや〜 言うと思った

●使いどころ
お前のことはすべてお見通しなんだよ、って相手に分からせる言葉。本当は、全然言うと思ってなかったとしても、言ったもん勝ちだよね〜。

I envy your blindness.

良いよね〜 悩みのないバカって

●使いどころ
人は大なり小なり悩む生き物なのに、「悩みがない」なんて言われるとね、イラッとするよね？ しかも「バカ」ってつけ加えてるからね。

Oops, sorry, my bad. I should have considered your incapacity.

ああ 悪い お前のレベル考えてなかったわ

Thanks a lot, you were a great help.

もういいわ おつかれ

●使いどころ
「お前はもう用無しだよ」ってことを含んだ言葉だね。さらに「おつかれ」で「この場からいなくなってね」てことも言ってるからね。

●使いどころ
上の「そういうとこあるよね」と同じで、相手の無知ぶり、レベルの低さを指摘する言葉だね。あえて丁寧な言葉を使うと、効果は倍増かな。

第7章
手入れの時間

殺る気の出る格言

Do and it will be done; don't do and it will not be done: if something is not done, that is because no one did it.

——「為せば成る。
　　為さねば成らぬ何事も。
　　成らぬは人の為さぬなりけり」

Yozan Uesugi

上杉鷹山

どんなことでも強い意志を持ちさえすれば必ず成就するということですねぇ

暗殺も勉強も同様ですよ

基礎単語 34

to

担当：烏間惟臣（からすま ただおみ）

ここから最終章に入る。最初はtoだ。誰もが見たことのある単語だろうが、用例数も最も多くなっている。ここが最大の山場だ、着実に殺ってくれ。

toの基本イメージは、この章でやる**fromとセットで覚えたほうが良い**だろう。from A to Bで、「**Aを出発してBに到着する**」という意味だ。「到達」というイメージが重要だ。もちろん**fromが無いこともある**から注意してほしい。

基本的にはこのイメージでカバーできるはずだ。なお、ここではいわゆる「to不定詞」の説明はしていない。文法はまた別の機会に譲らせてもらう。

移動・到着・方向

「方向」は注意が必要だ。4つ目の例文にあるように「指差す」というニュアンスが強い。

●**go to** Hokkaido	北海道へ行く
●**go to** bed	寝る
come to an end / a decision / an understanding	終わり／結論／理解に達する
I don't want to **talk** / **listen to** him.	彼とは話したくない／彼の話は聞きたくない
All these facts **point to** the conclusion that he thieved.	これらの証拠は彼が盗んだということを指し示している
✏He avoides to **allude** / **refer to** his past.	奴は過去を仄めかす／に言及するのを避ける
go to business	仕事にとりかかる（=get to, set to）
✏I have **come to terms with** the rules of this class.	このクラスのルールに慣れてきた
●All roads **lead to** Rome.	すべての道はローマに通ず
A good idea **occurred to** my mind.	いいアイディアが頭に浮かんだ

I couldn't **bring** myself **to** hurt the dogs.	犬を傷つける気にはなれなかった
The true culprit was **brought to light**.	真犯人が明らかになった
I should **adapt myself to** the change.	変化に適応しなくてはならない
attach a bomb **to** the door	ドアに爆弾を仕掛ける
They have improved their skills **to my satisfaction**.	彼らの技術が向上して俺は満足だ
be starved to death	飢えて死にいたる

範囲・制限
これは「範囲」や「制限」の限界に「到達」するというイメージを持つとわかりやすいだろう。

Every student has made progress **to a certain degree**.	生徒全員が一定程度の進歩を遂げた
These techniques **are limited** [**confined**, **restricted**] **to** class.	これらの技術は授業中に限られている
She is thoughtless **to excess**.	彼女は軽率にすぎる
I have a desk **to myself**.	自分専用の机がある
be **wet to the skin** / **chilled to the bone** / **tired to death**	びしょ濡れ／骨まで冷えた／死ぬほど疲れた

一致・反対
これは「到着」の点が「場所」ではなくなっている。to A で、「Aに対して」という含みがあるな。

I cannot **consent** [**agree**] **to** your opinion.	あなたの意見には賛成できない
I **belong to** the Ministry of Defense.	私は防衛省に所属している
stick [**adhere**] **to** the plan	作戦に忠実に従う
cling to a hopeless plan	絶望的な作戦に固執する
I shall **resort to** forces if in need.	必要とあらば武力に訴える
be **addicted to** gambling	ギャンブルに溺れる
take to drink	酒浸りになる
He is **loyal** [**faithful**, **true**] **to** his word.	彼は自分の発言に忠実だ
We must **conform to** the rules.	ルールに適応しなくてはならない

to

punctual to the time	時間を厳守する
a portrait **true to nature**	本物そっくりの肖像
dance to the music	音楽に合わせて踊る
Never **surrender** [**yield**, **submit**] **to** unreasonable violence.	理不尽な暴力に屈してはならない
I have no reason to **object to** the plan.	その計画に反対する理由はないな

関係（～に対して）①

「～に対して」という言い回しは非常に豊富だ。ここではプラス・マイナスのイメージで2つに分けた。

Be **kind** [**polite**, **civil**] **to** your classmates.	級友に対して親切にせよ
He **is haughty** [**insolent**] **to** his inferiors.	彼は自分より劣る者に横柄である
The terms are quite **agreeable to** us.	その条件は我々にとって大変好ましい
Her love affair was in fact **clear** [**plain**] **to** me.	じつは彼女の色恋は私には明らかなことだった
The students **are close to** success.	生徒たちは成功に近い
The result **relates to** our national interests.	その結果は国家の利益にかかわる
attribute our success **to** his encouragement	我々の成功は彼の励ましのおかげと考える (=ascribe to)
contribute to victory	勝利に貢献する
He **is similar to** the chief director.	あいつは理事長に似ている
She **is** not **equal to** the task.	彼女はこの任務に適さない
Silence is sometimes **equivalent to** a lie. 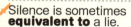	沈黙はときに嘘に等しい
a fact **known** [**common**, **familiar**] **to** everybody	誰もが知っている事実
I **was** not **accustomed to** teaching.	俺は教えることに向いてはいなかった
Act **according to** the circumstances.	状況に応じて行動せよ

He is **new to** the class.
彼はクラスに来たばかりだ（新入り）

Hamburger **is to** him what apple **is to** Death.
彼にとってのハンバーガーは死神にとっての林檎みたいなものだ

compare education **to** assassination
教育を暗殺に喩える

compare A with B は A と B を比較するという意味だ。注意してくれ

There are exceptions to every rule.
全てのルールには例外がある

Is there any **clue to** the crime?
この犯罪を解決する手掛かりはないのか（=**key to**）

There are two **sides to** the story.
この話には二つの側面がある

I have no idea about sweets, but I will pay the money so **help yourselves to** what you want.

甘い物など俺は知らん
財布は出すから食いたい物を街で言え
やった

関係（〜に対して）② 引き続きだ。基本的には変わらないぞ。

The sight is **strange** [**new**, **foreign**] **to** me.
この光景には馴染みがない

be **opposite to** his view
彼の意見に反対する（=**oppose**）

He was still abnormal **contrary to** my wishes.
あいつは俺の望みに反してやはり異常だった

Good medicine is bitter to the mouth.
良薬口に苦し（ことわざ）

He is **indifferent to** foods.
彼は食事には無関心だ

blind to his faults
deaf to advice
彼の欠点が目に入らない
忠告に耳をかさない

peculiar [**native**] **to**
に固有の

to

～に与える
これは for とかなり近い用法だ。どちらを使うかは他の語との結びつきで決まることも多いから、動詞とセットで覚えてくれ。

- I **gave** new suits **to** the students.
  生徒たちに新しいスーツをあげた

- I don't like to **devote** my time **to** the futility.
  無駄なことに時間を割きたくはない

- **Leave** the matter **to** me.
  ここは俺に任せろ

- He **owes** his success **to** sheer luck.
  彼が成功したのは完全に運のおかげだ

owe は I owe you my success.「私が成功できたのはあなたのおかげです」という語法もある。この文ごと覚えておくといい。

Maybe I'm **giving myself to** the joy of teaching with the doubts and concerns.

副詞のto
これは応用編と思ってもらってもいい。だが to のイメージをつかむ上で有用なところもあるだろう。

- When I **came to**, I was lying in a strange bed.
  気がついたとき、見知らぬベッドに寝ていた

- push the door **to**
  ドアをきちんと閉める

- **to and fro**
  あちこち、行ったり来たり

その他の表現
ここもやはり数が多いが、ここを越えればあと一息だ。

- The rise in price is **due to** the war.
  値上がりは戦争が原因だ

look to	の方を見る、に気をつける、に頼る
attend to	に注意する、の世話する、を処理する
be exposed to danger	危険にさらされる
in addition to	～に加えて
in regard [respect] to	～に関しては
in proportion to (the size)	(大きさなど)に比例して
in preference to	～に優先して
Owing [Thanks, Due] to	～のおかげで
with an eye [a view] to	～を考慮に入れて、～する目的で
To my surprise [astonishment] / disappointment	私が驚いた／がっかりしたことには
When it comes to	～の話になると、～だったら
It seemes [appears] to me that ...	私には～のように思える
It stands to reason that ...	～は道理に適っている
His **remarks were to the effect that** ...	彼の発言は～という趣旨だった
See to it that ...	ちゃんと～するように取り計らってくれ
rise to one's feet	立ち上がる
a quarter **to** twelve	12時まであと15分
next to nothing	全くないも同然
second to none	比べ物にならない(ほど優れている)
prefer dogs **to** cats	猫よりも犬を好む

この to は than の意味と同じだと思ったらなかなか鋭い。
比較に than ではなく to を使うのはラテン語源だというが、
ここに挙げたもので十分だから確認しておいてくれ

prior to	～に優先して、～よりも前に
Dogs **are superior / inferior to** cats.	猫よりも犬のほうが優れて／劣っている
He **is** three years **senior / junior to** me.	彼は私よりも3才歳が上だ／下だ

基礎単語 35 - 36

put/set

担当：E-11
潮田 渚 (しおた なぎさ)

動詞の時間はこれで最後だよ。ここでは**put**と**set**を一緒に説明していくね。この2つは、**どっちも基本の意味は「置く」**だから、似たところがたくさんあるんだ。
「置く」にも色々あって、目的語を「**～という状態にする**」とか「**定める**」とか。あとは日本語にもなってる「**セットする**」みたいなニュアンスにもなるよ。ただ「置く」んじゃなくて、「正しい場所に置く」という意味合いだね。
outとかupとか、組になってる前置詞や副詞も復習しながら殺っていこう。

句動詞

put + out

- Be sure to **put out** the lights before going to bed.
  寝る前に必ず電気を消すようにしてね (=extinguish)

- I hope our sudden visit hasn't **put** you **out**.
  突然お邪魔してご迷惑をおかけしていなければいいのですが (=bother)

- That factory **puts out** millions of BBs everyday.
  その工場は毎日何百万個ものBB弾を生産している (=produce)

- Our grades have been **put out** on the board.
  成績が掲示板に発表された (=issue)

> 公表・発行・出版・発売みたいに、何かを公的・正式に「出す」という時によく使われる表現だよ

僕もね この外見は子供の頃から仕方なくできずっと嫌だった

Me too. I was forced to **put up with** my appearance ever since I was a child, but I never really liked it.

put + up

Lots of high-rise apartments have been **put up** around here.
　この辺りはたくさん高層マンションが建てられている（＝build）

● Let's **put up** his picture on the wall.
　彼の描いた絵を壁にかけよう（＝hang）

● She always cannot **put up with** his provocation.
　彼女はいつも彼の挑発に耐えることができない（＝endure, bear, stand）

これの対義語になる句動詞はtakeのところで出てきたよ。覚えてる？（→136ページ）

この言い換えは3つもあるけど、全部覚えておくといいよ

put + away

Put your comics **away** and let's begin to study arithmetic.
　漫画は片づけて、算数の勉強をはじめよう

Our teacher **puts** a little money **away** each month.
　せんせーは毎月少しずつお金を貯えている（＝save）

My teacher told me, "I don't know if smoking will make you cooler, but I am sure that it will **set** you **in** a difficult situation."

set + up

🟠 We have to **set up** the tent right now.
　今すぐテントを組み立てないといけない

🟠 It was the present chief director who **set up** our school.
　僕らの学校を設立したのは現理事長だった（=establish）

Our teacher did not try to **set** himself **up** as a chief director.
　せんせーは自分を理事長の座につけようとはしなかった

set + off

🟠 After school, we **set off** for Hawaii to watch the movie.
　放課後、僕らは映画を観にハワイへ向かった

この start は自動詞で、「思わず飛び上がる」って意味だよ

Our teacher started in surprise when the alarm **set off**.
　アラームが鳴ったとき、せんせーは驚いてビクっとなった

🗡 All these covers nicely **set off** our teacher's face.
　この表紙はどれも、せんせーの顔をよく引き立たせている

I will **set** breakfast **up** for us from today! Take a break before you go to work Mum.

今日から朝ご飯は僕が作るよ！だから出勤前はゆっくりしてて

殺ケーション①

I'm just **putting** you **through to** our president.	（電話で）すぐ社長にお繋ぎいたします
put across A (to B)	（Bに）A（考えなど）をうまく伝える
put [**set**] **aside** A	Aをいったん脇へ置く、考えないようにする
put off A	Aを延期する
put on A Aを着る	これの対義語はtake off だよ
put on airs	気取る、もったいぶる
put together A	A（部分、考えなど）をまとめる
set about A	Aに（真剣に）取り組む
set A **back**	A（計画など）を遅らせる、妨害する
set [**put**] **down** A	Aを書き留める

もちろん、文字通りに「Aを（下に）置く」っていう意味もあるよ

set in	（天気や病気が）始まる
set out (for A)	① 着手する ② （Aに向けて）出発する

殺ケーション②

put A **to use**	Aを利用する
put an end [**a stop**] **to** A	Aに終止符を打つ（終わらせる）
put A **into practice**	Aを実行に移す
put [**bring**] A **into effect**	Aを実施する
set A **free**	Aを解放（自由に）する

基礎単語 37

from

おっす！ fromを担当するぜ！
fromはtoの対義語……って言っていいか微妙だけど、とりあえずfrom A to Bで「**AからBへ**」ってのが基本イメージだね。**到着点に向けて出発する点**、的な感じ！
「AからBへ」って意味だから、到着点をあんまり考えないときは「**分離**」みたいな意味にもなるんだ。まぁそんなに難しくないと思う！

担当：E-13
すぎの ともひと
杉野友人

起源・根源（〜から）　「スタート地点」みたいなイメージを持ってればそれで十分！……たぶん！

- **borrow** a glove **from** the baseball nut　野球バカからグローブを借りる
- Wine **is made from** grapes.　ワインはぶどうから作られる

いくらワインを見つめても、知識がないとブドウ（原料）は思い浮かばないだろ？　こういう時は from を使うんだけど、たとえば「木でできた椅子」は、その椅子が木（材料）だってことは見ればわかるよな？　こういう時は a chair made <u>of</u> wood って言うんだ

- **from** the beginning / **from** now on　はじめから／今後は
- **derive** a great pleasure **from** baseball　野球から大きな喜びを得る（引き出す）
- **translate from** English **into** Japanese　英文を日本語に訳す

原因　まぁこれも上のと似てるよな！　感情とかの話になって、ほんのすこし抽象的になっただけ！

- I'm very **tired from** practice.　練習でとても疲れた

tired <u>of</u> A は、「Aに飽きる」って意味だよ

- **suffer from** a slump　スランプに苦しむ

- **Judging from** the weather report, tomorrow's game should be postponed.

天気予報から判断して、明日の試合は延期になるだろう

分離

from A で「A から離れる」が基本！ だけどもうちょっと複雑な意味のもあるぜ！ ほとんど否定の not みたいな機能になってるんだ！

- Doing is **different from** seeing.

  見ることとやることとは違う

- **distinguish** [**discriminate**, **tell**] right **from** wrong

  正しいことと間違ったこととを区別する

- **recover from** the slump

  スランプから回復する

- **far from** here
  far from normal

  ここからずっと遠く
  通常からは程遠い

- I can't think of anything else **apart from** baseball at the moment!

俺は今はとにかく野球!!

- Illness **prevented** me **from** going to school.

  病気のせいで学校に行けなかった（病気によって妨げられた）

- Please **refrain from** smoking.

  喫煙はご遠慮ください

- She was **free from** care.

  彼女には心配ごとがなかった

- My classmate has been **absent from** school for a while.

  俺のクラスメイトはしばらく学校を休んでいた

- There are no earnest baseball players in class E **apart** [**aside**] **from** him.

  E組には彼以外に熱心な野球選手はいない

- We cannot **hide** even our muscle patterns **from** our teacher.

  せんせーからは筋肉の配列さえも隠せない

基礎単語 38 - 39

above / below

aboveとbelowのセットの時間よ。これは68ページでやったoverとunderによく似てるわ。**above**は「**上**」、**below**は「**下**」ということで、まずはOKよ。

じゃ、違いは何かっていうと、大事なのは、A is above/below Bと言ったとき、**AとBは接触していない**、ということなの。だから、たとえば寝てる人に毛布をかけたりするときにaboveは使えないのよ。毛布と人がくっつくから。

それともうひとつは、over/underにくらべてabove/belowは**範囲がすこし広い**ということなの。上下関係を表す表現は、
above/below＞over/under＞up/down
の順に範囲が狭くなると考えても良いわね。

担当：イリーナ・イェラビッチ

》 above

の上に
（1）離れていて（2）範囲が広いもの、ということで、above は空や雲と相性がいいわ。

- an octopus flying **above** the clouds
  雲の上を飛行するタコ

- The skyscrapers **towered above** me.
  摩天楼が頭上にそびえていた

  この tower は「塔」じゃなくて、「高くそびえる」という意味の動詞よ

超越
over にくらべて、above は比喩的な意味は少ないの。「超越」って言っても、結局は「上」というイメージから理解できるでしょ？

- My beauty is clearly **above average**.
  私の美貌はあきらかに平均以上である

- Those brats are so cheeky to say that I must **be above**(=**over**) thirty.
  私が三十路に決まってるとか言って、なんて生意気なガキどもなのかしら

- I always **take** Romanée-Conti **above** Don Pérignon when I have a choice.
  どちらか選べる時には、いつもドンペリよりもロマネ・コンティを選ぶ

✘ I can't admit that this mission is **above me**. / この任務が私に果たせないなんて認めるわけにいかない

> これと似た表現で、Her lecture is above me. と言うと、彼女の授業は（難しすぎて）理解できない、という意味よ

✘ Don't be **above asking questions**. / 質問することを恥じ（るほど高慢になっ）てはいけない

Let them know your capabilities, to Mr. Karasuma, to your sensei and, **above all**, to your students.

》 below

の下に
雲ともうひとつ、地平線（horizon）も above/below と相性のいい単語よ。

● We sat and watched the sun sink **below the horizon**. / 私たちは座って太陽が地平線の下へ沈んでいくのを眺めた

Don't peep into my skirt **from below**. / 下からスカートの中を覗くな

未満
below もやっぱり above と一緒で、単純よ。パパッと殺っちゃいなさい！

● This pleasure is forbidden to you children **below sixteen**. / 16歳未満のあんたたちにこの快楽はまだ早い（禁じられてる）わ

✘ I'm **below** him **in** physical strength. / 筋力では彼に劣る

✘ Your act of staying in the classroom after your failure is utterly **below contempt**. / 失敗してもなお教室に居座るお前の行為はまったくもって軽蔑にも値しない

基礎単語 40 - 41

across — aside

担当：E-26 吉田大成

最後だからまとめて細かいのをぶっこむぜ！

>> across

横切る、向こうに 「道に沿う」っていうalongは覚えてるか？ acrossはそれとは違って、横断歩道とかを「渡る」時に使う前置詞だぜ。

- **walk across** the street　道路を**横断する**

  cross は「十字（架）」って意味なんだぜ。人が道路を横切ると、人と道路が「十字」に交わるってイメージが大事っぽいな

- **come across** lousy ramen　マズいラーメン**にでくわす**

- get together from **all across the world**　**世界中**から集まってくる

- face each other **across the desk**　机を**挟んで向き合う**

>> aside

わきへどける 日本語で「〜は置いといて、」っていう時のニュアンスだな。sideは「横」って意味だぜ。awayにも似てるらしいぞ。

- **push** a person **aside**　人を**わきにのける**

- The speed of the bike will **put** your worries **aside**.
  バイクのスピードでお前の悩み事も**どっかいくさ**

- **put** the roast pork **aside** for later
  チャーシューをあとに**とっておく**

- **speak aside to** a person　（他の人に聞こえないように）脇を向いて人にはなす

- **Aside from** her salary, she receives money from investments.
  給料の他に（加えて）、投資からも金が入る

- **All joking [kidding] aside,**　冗談は抜きにして

基礎単語 42 - 43

behind / beyond

担当：E-24 村松拓哉(むらまつたくや)

最後の授業だぜ
ここまで付いてきたからお前らの
成績も俺ぐらい上がればいいなぁ

>> behind

後ろ、遅れ — A is behind B で、こっちから見てAはBより「向こうがわ」にあって、「視界に入りにくい」ってことが多いな。

- the mountain **behind** the school
  学校の後ろにある山（裏山）

  > behind は、名詞では背中・尻という意味にもなるぜ

- He closed the door **behind him**.
  彼は後ろ手にドアを閉めた

- Your ramen is **behind the times**.
  おまえんちのラーメンは古い

- speak ill of a man **behind his back**
  陰で人の悪口を言う

- He shall **leave** his name **behind him**.
  彼は名前を残すだろう

- He **is** always **behind** on payment.
  いつも支払いが遅れる

>> beyond

越えて — これは behind よりも遠い、ずっとあっち、って感じがするな。3つめの例文の「超える」って感じも大事だぜ。

- **beyond** the horizon
  地平線のかなたに

- fortune **beyond description**
  筆舌に尽くしがたい（ほどの大）金

- We succeeded **beyond our expectations**.
  俺たちは予想を超えた成功をおさめた

3-E 特別授業

明日誰かに話したくなる!? 歴史に残る名言!?
殺(ころ)せんせー(?)名言集

先生がこの企画は担当しましょう。世界の偉人たちが残した数々の名言を先生なりにアレンジしてみましたよ。

---

class of the tentacle, by the tentacle, for the tentacle

"触手"の"触手"による"触手"のための授業 [殺ンカーン]

原文
government of the people, by the people, for the people
人民の人民による人民のための政治
[Abraham Lincoln（エイブラハム・リンカーン）ゲティスバーグ演説より]

If they have been further it is by holding on the tentacles of the giant octopus.

彼らが遠くへ行くことができたのは、巨大なタコの触手につかまっていたからです。 [殺ザック・ニュートン]

原文
If I have seen further it is by standing on the shoulders of giants.
私が遠くを見ることができたのは、巨人たちの肩に乗っていたからです。
[Isaac Newton（アイザック・ニュートン）ロバート・フックに宛てた書簡より]

I only hope that we don't lose sight of one thing - that it was all started by an octopus.

いつだって忘れないでほしい。すべて一匹の"タコ"から始まったということを。 [殺ニー]

原文
I only hope that we don't lose sight of one thing - that it was all started by a mouse.
いつだって忘れないでほしい。すべて一匹のねずみから始まったということを。
[Walt Disney（ウォルト・ディズニー）テレビ番組でのコメントより]

Ero is the only force capable of transforming an enemy into a friend.

"エロ"だけが、敵を友人に変えられる唯一の力です。　[殺グ牧師]

原文
Love is the only force capable of transforming an enemy into a friend.
愛だけが、敵を友人に変えられる唯一の力だ。
[Martin Luther King, Jr.（マーティン・ルーサー・キング・ジュニア）演説より]

Ask not what assassination can do for you; ask what you can do for assassination.

暗殺があなたのために何をしてくれるのかを問うのではなく、あなたが暗殺のために何を成すことができるのかを問うて欲しい。　[殺ディ]

原文
Ask not what your country can do for you; ask what you can do for your country.
国があなたのために何をしてくれるのかを問うのではなく、あなたが国のために何を成すことができるのかを問うて欲しい。
[John F. Kennedy（ジョン・F・ケネディ）大統領就任演説より]

Boys, be malicious!

少年よ、殺意を抱け！　[殺ーク]

原文
Boys, be ambitious!
少年よ、大志を抱け！
[William Smith Clark（ウィリアム・スミス・クラーク）札幌農学校での発言より]

Education is the most powerful weapon which you can use to protect the world.

教育とは、世界を守るために用いることができる最も強力な武器である。　[殺ソン・マンデラ]

原文
Education is the most powerful weapon which you can use to change the world.
教育とは、世界を変えるために用いることができる、最も強力な武器である。
[Nelson Mandela（ネルソン・マンデラ）プラネタリウムでの演説より]

7. 手入れの時間

　騒ぎに気づいたカジノのスタッフが続々と集まってくる。
「みんな逃げて！」
　スタッフの動きを見張っていた渚（なぎさ）が仲間達に呼びかけると、一斉に散ってカジノの外へ逃げ出した。暗殺に失敗したプイは磯貝（いそがい）に引っぱられて一緒に外に逃げたものの、道路に倒れこんで動こうとしなかった。
"プイ、大丈夫か！？"
　磯貝が駆け寄っても、プイは視線を合わせようとしなかった。
"だめだ……。プイにあの怪物を殺すのは無理だ。あの怪物は凄過ぎる。プイの力では届かない"
　プイはそう言うと、震える手で顔を覆った。両手の隙間からギュッと唇を嚙んでいるのが垣間見える。唇からは赤い筋が流れ出した。
"プイのせいで、家族が殺される。いっそ、ここで死にたい"
"プイ……"

プイの過酷な状況に思いを馳せると、磯貝はぐっと胸が詰まった。自分と似た境遇のプイが破滅する姿は見るに忍びなかった。
"プイ君、磯貝君、その点は大丈夫ですよ。事前に手入れをすませましたから"
　磯貝の後ろに立っていたのは、殺せんせーだ。先ほどダダ泣きしたせいで、顔があちこちふやけている。
"手入れ……!?"
"ええ、これが証拠写真です"
　懐から写真を取り出した。磯貝はその写真をまじまじと見た。黄金に輝く寺院の前で、サソリのタトゥーの男ともう一人の男が、オレンジ色の僧衣をまとって門前をほうきで掃いている。
"プイ君の家族には今後いっさい手を出さないと約束させました。彼らも出家してむしろ人生が変わったと喜んでましたよ"
"……殺せんせー!!"
　磯貝がプイに写真を見せると、プイは何が起きたのか悟った。喜びを爆発させると同時に涙を流して殺せんせーの足元に正座して手を合わせた。
"ありがとう、ありがとう。殺せんせー。プイ、この恩は一生忘れない"

何度も何度もプイは頭を下げる。
"もちろん、プイ君が組織を抜けることも快諾してくれましたよ。といいますか、組織自体がもう存在しません。プイ君の家族の安全も確認しました。君はもう自由の身です。さあプイ君、いま君が一番使いたい武器は何ですか？ これからも竹のナイフで暗殺を続けますか？"
　プイは首を振った。
"もう暗殺はこりごりだ。プイには、たくさんやりたいこと、知りたいことができた"
"じゃあ、どうします？"
　プイは遠い目になってしばらく考えていたが、やがて微笑みながら語り始めた。
"プイのこれからの武器は……英語だ。殺せんせーも、E組のみんなも、先生たちも、いっぱいいっぱいプイに教えてくれた。今日、ここでたくさんの人としゃべって、自信がついた。この武器で、いろんな世界へ行って、いろんなことを見てみたい"
　殺せんせーの顔には花丸が浮かんだ。
"満点の回答です。これからも外の世界で英語力を養い、君の武器を磨き上げてください"
"言われなくても、そうする"

磯貝がプイとがっちり握手をかわした。
"お互い世界を渡り歩くようになったら、また会おうぜ、プイ!"
"もちろんだ、イソガイ!"
　倉橋(くらはし)が名残りを惜しんで目をうるうるさせている。
「プイ君がいなくなっちゃうの、さみしいな〜」
　プイと磯貝が固く友情を確かめ合ってるのを渚とカルマが見守った。
「プイ君、幸せになれそうでよかったね」
「でもさ、渚君。あのタコを殺さないと磯貝とプイは再会できないよ？　近いうち地球爆発しちゃうんだから」
「あー……」
　渚はがっくり肩を落とした。
「ところで、プイ君の弾を避けるために残しておいたチップで、もう一勝負やっていいですかね……？」
「このバカタコ!」
　カルマをはじめ、みんながいっせいに罵った。

「プイ君の家族無事だったんだって!?　よかった〜」
「タコがバカ勝ち!?　で結局全部負けたって？　アハハ、だせぇ!」

ラスベガスから帰ってきた渚たちの話を聞いて、E組生徒たちはほっとしたり笑い転げたりと様々な反応を見せた。
「なんだかんだ言って、俺達もプイのおかげでけっこう英語の勉強になったよな」
「それがタコの狙いに決まってんじゃん。踊らされたのがムカつく」
　菅谷（すがや）と寺坂（てらさか）が話してるところに、片岡（かたおか）がやって来た。
「いいじゃないの、なんでもプラスになれば。はい、これ」
　片岡は生徒一人一人に冊子を渡していく。
「なんだこれ？」
「プイ君と一緒に勉強したこと、せっかくだから冊子にまとめたの」
　冊子の表紙には、「殺たん　基礎単語でわかる！ 熟語の時間」と書いてある。渚はそれを手に取ってパラパラとめくった。

　——今頃プイ君はどうしてるのかな。彼みたいに笑顔でこの教室を巣立てる日が、いつか僕にも来るのだろうか。
　ここは暗殺教室。始業のベルは明日も鳴る——

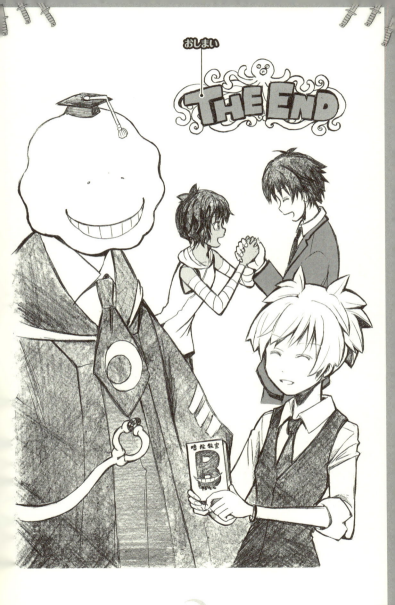

暗殺教室　殺たん
基礎単語でわかる！　熟語の時間

●本書は書き下ろしです。

2015年5月6日　　第1刷発行
2015年5月31日　　第2刷発行

原作	松井優征
小説	久麻當郎
英語監修	阿部幸大（東京大学 大学院）
ネイティブチェック	トーマス・洸太・レイシー
装丁	久持正士／土橋聖子（ハイヴ）
編集	ウェッジホールディングス
原作担当	村越周
担当編集	六郷祐介／渡辺周平
編集人	浅田貴典
デザイン	ウェッジホールディングス
写真提供	秋田康成
発行者	鈴木晴彦
発行所	株式会社 集英社
	〒101-8050
	東京都千代田区一ツ橋2-5-10
	編集部　03(3230)6297
	読者係　03(3230)6080
	販売部　03(3230)6393（書店専用）
印刷所	凸版印刷株式会社
	Printed in Japan
	ISBN978-4-08-703357-1 C0093

検印廃止

©2015 Y.MATSUI / A.KUMA / K.ABE

本書の一部あるいは全部を無断で複写複製することは、法律で認められた場合を除き、著作権の侵害となります。また、業者など、読者本人以外による本書のデジタル化は、いかなる場合でも一切認められませんのでご注意下さい。

造本には十分注意しておりますが、乱丁・落丁(本のページ順序の間違いや抜け落ち)の場合はお取り替え致します。購入された書店名を明記して小社読者係宛にお送り下さい。送料は小社負担でお取り替え致します。但し、古書店で購入したものについてはお取り替え出来ません。

●参考文献
小西友七『英語のしくみがわかる 基本動詞24』研究社、1996年。
---.『英語の前置詞』大修館書店、1976年。
齋藤秀三郎『熟語本位 英和中辞典』豊田実（増補）、岩波書店、1936年。
クリストファ・バーナード『英語句動詞文例帳』研究社、2002年。
ジーン・マケーレブ、マケーレブ恒子（編）『動詞を使いこなすための英和活用辞典』朝日出版社、2006年。
ベティ・カークパトリック『英語クリーシェ辞典　もんきりがた表現集』柴田元幸（監訳）、研究社、2000年。
『新編 英和活用大辞典』研究社、1995年。
『小学館ランダムハウス英和大辞典 第2版』小学館、1993年。
『リーダーズ英和辞典 第2版』研究社、1999年。
『リーダーズ・プラス』研究社、2000年。
『ロングマン英和辞典』桐原書店、2007年。
『ロングマン現代英英辞典 [5訂版]』桐原書店、2008年。
Lindstromberg, Seth. English Prepositions Explained. Amsterdam: John Benjamins, 2010.
Longman Phrasal Verbs Dictionary. Essex: Pearson Education, 2000.
（編者など省略）

カバーの折り返しに本でつかわれた単語が隠れているよ!! さがしてみよう!!